講談社文庫

金田一少年の事件簿　小説版
オペラ座館・新たなる殺人

天樹征丸　画・さとうふみや

講談社

目次

プロローグ 5
第一幕 オペラ座館からの招待状 9
第二幕 『カルロッタは、劇場で――』 49
第三幕 密室劇場 79
第四幕 さまよえるファントム 141
第五幕 『フィリップ伯爵は、湖で』 183
第六幕 『ジョゼフ・ビュケは、首を吊られ――』 219
第七幕 真相 255
エピローグ 303
あとがき 314
漫画文庫版あとがき 316

プロローグ

男の頬には、大きな傷があった。

彼は、窓際に立って、朝もやに霞《かす》む岬を見ている。正確には、岬の突端にたたずむ、石の塚を見つめていた。

窓から見える海は、穏やかだった。

もっとも、波間を這《は》うもやのせいで、そう見えるのかもしれない。人の心も同じだ。人間も、時にそうして、作り笑いを浮かべ、憎しみや怒りを秘めやかに覆い隠す。

ふいに、もやが風に流され、石塚が、近づくようにその輪郭をあらわにした。

それは、墓石だった。

頬に傷のある男の、一人娘の墓だった。

そう古くない、砂岩造りの墓石を眺めながら、男は、右手の指で頬の傷をなぞった。

傷は、左目尻から小鼻の脇まで延びている。ひどく目立つ傷である。

六十少し前かと思われるこの初老の男の瞳には、きわだつ知性の輝きが備わっていた。それだけに、細かいしわを刻みつけた浅黒い頬に、この赤いみみず腫れのような生々しい刻印は、いささか似つかわしくなかった。

治療が適切ならば、こうまで痕を残さなかっただろう。しかし、彼はあえて縫いもせずに放置したのだ。

その傷が、自ら背負う後悔の十字架であるかのように。

風が吹きつけ、窓がカタカタと鳴った。古びた窓枠のすきまから、生臭い朝もやが流れ込む。

男は、もやの匂いにむせたように、軽い咳《せき》ばらいをして窓際を離れた。

男の名前は、黒沢和馬《くろさわかずま》。

この古いホテル、『オペラ座館』の主人であった。

主な登場人物

黒沢和馬《くろさわかずま》
剣持警部《けんもちけいぶ》
七瀬美雪《ななせみゆき》　金田一一《きんだいちはじめ》
黒沢美歌《くろさわみか》
能条光三郎《のうじょうこうざぶろう》
能条聖子《のうじょうせいこ》
加奈井理央《かないりお》
滝沢《たきざわ》　厚《あつし》
緑川由紀夫《みどりかわゆきお》
江口六郎《えぐちろくろう》
間久部青次《まくべせいじ》
結城英作《ゆうきえいさく》
ホホホホ

第一幕　オペラ座館からの招待状

1

「ハジメ！　起きなさいっ！」

金田一一《きんだいちはじめ》の左耳から、母の金切り声が飛び込んで、右耳に突き抜けた。

「うわあーっ!?」

跳ね上がるように起きたハジメの顔に、着替えのシャツとパンツが飛んでくる。

「いつまで寝てるの、あんたは。美雪《みゆき》ちゃん、もう来てるわよ！」

「え、なんで？　夏休み終わり？　もう、学校？」

寝巻きがわりのTシャツを、あわてて脱ぎながら、寝ぼけ眼《まなこ》のハジメが言うと、母は、床に転がっていたジーパンを拾って、投げつけた。

「あいてっ！」

昨日脱いだ時のままで、通しっぱなしのベルトのバックルが、ハジメのおでこを直撃した。

「まだ寝ぼけてんの、あんたは。今日から旅行でしょう。ほら、あの『オペラ座館』とかいうホテルに、招待されてたじゃないの」

「あっ！　母さん今何時!?」

「八時よ」

「うそっ、なんで起こしてくんなかったんだよ！」

「いーから、さっさと着替えて、下いきなさい。美雪ちゃん、とっくに来てるわよ。荷物は適当に詰めといてあげるから、パンだけでも食べて」

「わかったわかった。パンツ替えるから、ちょっと出てってよ、母さん」

「はいはい」

七瀬《ななせ》美雪は、金田一家の玄関の土間で、時計とにらめっこをしていた。

二階からは、何やら怒声と悲鳴と足音が聞こえてくる。

「やっぱり、もう少し早く来ればよかった」

とつぶやいて、美雪は、玄関に備えつけられた鏡を覗《のぞ》いた。

今日の旅行のために買った、ちょっと大人っぽいフリルのついた白のブラウス。

『オペラ座館』での食事は洋食のコースだからと、母にねだって買ってもらった、白いローヒールのパンプス。

花柄のミニスカートも、夏らしくて可愛いわね、と、出がけに隣のお姉さんが言ってくれた。

〔こんな日は、あんまり怒るのやめなきゃね〕

自分に言い聞かせながら、美雪は、鏡の中の自分に向かって微笑んだ。

しばらくして、天井から相変わらずドタバタと足音が響くなか、ハジメの母が、ご

まかし笑いを浮かべながら、階段を降りてきた。

「ごめんなさいね、美雪ちゃん。あら、そんなとこに立ってないで上がっててくれれ

ばよかったのに。ハジメ、今トイレ入ってるから。お茶、いれるわね」

「いえ、おばさん。いいんです。どうせすぐ出なきゃ――」

言いかけた美雪をさえぎって、

「おまたせーっ」

と、ナイキのボストンバッグを抱えたハジメが、階段を降りてきた。母親そっくり

の、ごまかし笑いを浮かべている。

「あんた、パンは？」

母がきくと、ハジメは、

「あ、食いながらいくから、持ってきて。さ、いくぜ、美雪」

と、ボストンを気取って背負《しよ》いこんだ。

「どうでもいいけど、はじめちゃん？」

と言って、美雪が目線をそらせながら、ハジメの股間を指さした。

「——それ、しまってね」

「え？」

ハジメは、股間に目をやった。

チャックが、みごとに開いている。おまけに、しまいそこなったモノが、まどから

チラリと……。

「あちゃーっ、これはこれは。はははははは」

しらじらしい笑い声をあげながら、勢いよくチャックを上げた。

くちゅっ……。

「——！」

声も出せずに、ハジメはバッグを放り出した。

2

ゴトンゴトンと頼りない音をたてて、ハジメと美雪を乗せた列車が、プラットホームに滑り込んだ。

伊豆《いず》半島の東南の端。人もまばらな、さびれた田舎の駅である。

古い列車の、さびたドアが開く。八月の終わりの、濃密な熱気が流れ込む。

ハジメは、あき過ぎている列車とホームのすきまを飛び越すように、一歩を踏みだす。バスケットシューズの底が、欠けたコンクリートのかけらを踏んで、パキッと乾いた音をたてた。

駅の名を告げるアナウンスが、発車のベルとほとんど同時に流れる。

「なにやってんだ、美雪。早く降りろよ。電車、出ちまうぞ」

きょとんとした顔で振り返りながら、ハジメが言った。

改札に向かってさっさと歩きだすハジメの後を追って、美雪も、しぶしぶ、といった表情で列車を降りた。

「おまえ、まだ今朝のこと怒ってんの？」

ハジメの横を歩こうとしない美雪を、めんどうくさそうに顧みて、ハジメが言った。

「べつに」

ツンと目をそらして、美雪は答えた。

「しょうがねえだろ、おれだって見せたくて見せたわけじゃ……」

「そんなんじゃないったら」

「じゃ、なんだよ」

美雪は、足を速め、先をいくハジメの隣に歩み出て、

「はじめちゃん、ほんとにお洋服、それしか持ってこなかったの？」

と言って、ハジメの顔を覗き込んだ。

「ああ」

「信じらんない」

「しょうがないだろ、急いでたんだから。下着の替えはあるし、大丈夫だって」

「四泊もするのよ。それに、夜は、立派なコース料理を食べなきゃいけないのに、ジーパンだけなんて……」

「ばーか、気取ってもはじまらねえよ。それに、ジッチャンだって、どこいくにも同

じカッコしてたぜ？」

「時代が違うじゃない。バカ」

ハジメの祖父の名は、金田一耕助《こうすけ》。かの、名高き大探偵である。つまりハジメは、天才といわれた名探偵の孫にあたるのだ。

数々の難事件を解決した祖父に似てか、ハジメも高校二年生にして、早くも、警視庁にまで名を轟《とどろ》かすほどの驚異的推理力を発揮し、いくつかの難事件を解決していた。

ハジメたちが、こうして『オペラ座館』という名のホテルに招かれたのも、じつは、かつてそのホテルで起こった怪事件が縁なのである。

新聞紙上を騒がせた、この恐るべき連続殺人事件を解決に導いた少年こそ、ほかならぬ金田一一であった。

事件の舞台となった古い劇場は、その後取り壊され、新しい劇場の建築が進められていた。

この新劇場の完成を、記念公演という形で内々で祝おうという企画がもちあがり、その最初の招待客として、ハジメたちが招かれたのだった。

「それにしても、美雪さあ、お前んトコの親って物わかりがいいよな」

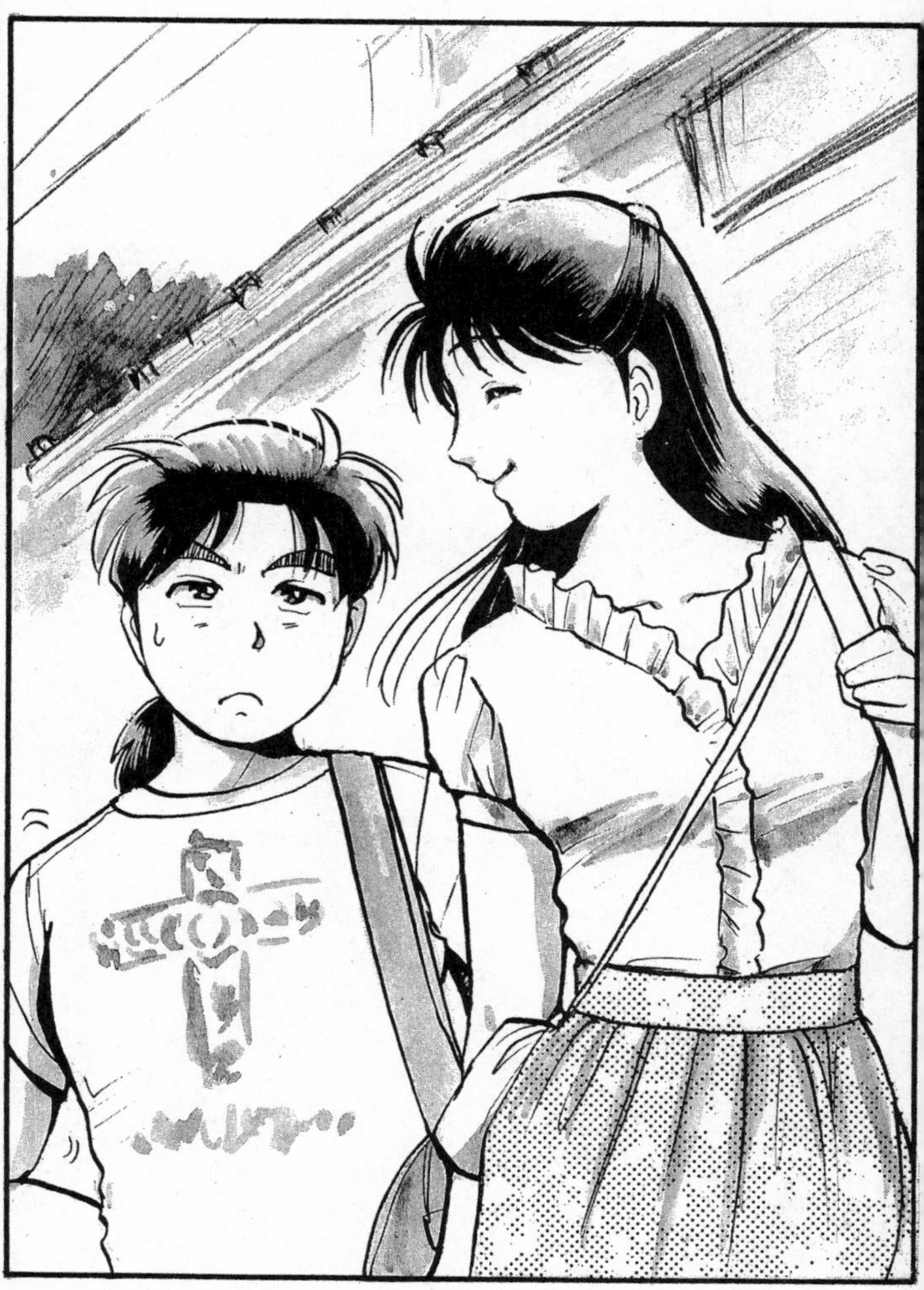

ジーパンのポケットから出したクシャクシャの切符を、改札の駅員に渡しながら、ハジメが言った。

「なんで？」

美雪は、ハジメのものよりひと回り大きいボストンバッグを地面に置いて、ショルダーバッグをあさりながら尋《たず》ねた。

「だってよォ、いいのかよ、高校生の娘に男と二人で旅行なんていかせて」

「男って、はじめちゃんのこと？」

「ほかに誰がいるんだよ」

「プッ……なに言ってんの」

美雪が吹き出す。

「――そんなのいまさらじゃない。幼稚園の時からのつきあいなんだから。うちの親だって、全然気にしてないよ、はじめちゃんのことなら」

「そういうもんかねえ……」

と、さりげなく言いながら、ハジメは少しがっかりしていた。

もしかしたら、美雪もやっぱり親には、「演劇部のみんなで、一緒にいくの」とかいう嘘《うそ》をついて出てきたんじゃないか、などと勝手に想像していたのだ。

ハジメは、そんな自分が急に気恥ずかしく思えて、出がけにジーパンのお尻のポケットに慌てて突っ込んできた〝ゴム製品〟が、とてつもなく気になりはじめた。ポケットに、あの丸い形が浮き出てやいまいか、歩いてるうちに、あの特徴あるギザギザの袋が顔を出しやしまいか……。

駅前に立って、迎えの車を待ちながらも、そわそわとお尻をさすったり、体の向きを変えたり。

ああ、いっそ捨ててしまいたい。でも、もし万が一必要になったら……。

などと、一人悶々《もんもん》と堂々めぐりを続けているうちに、目の前でクラクションが鳴った。

「おう！　待たせたな、お前ら」

静岡県警と書かれたパトカーの、助手席の窓が開き、不精髭《ぶしようひげ》のごつい中年男が顔を出した。

そうだった。このオッサンが一緒だった。よく考えれば、二人きりというわけではなかったのである。

「おせーよ、剣持《けんもち》のオッサン」

ハジメは、かえって少しほっとした気分で、言った。

「いやー、すまんすまん。例の事件の時、世話になった静岡県警に、ついでだからと思って挨拶に寄ったら、つい昼飯ごちそうになっちまってな」

と言って、剣持警部は、ワハハハと豪快に笑った。

この警視庁の剣持警部とハジメは、あの『オペラ座館』で起こった、連続殺人事件以来のつきあいである。

孤島のホテルで発生した前代未聞の怪事件を、たった一人で解決したということで、剣持は警視総監賞を手にしたらしい。

もっとも、実際に解決したのは、ハジメだったわけで、それ以来、この天下の警視庁捜査一課——殺人課のたたき上げ警部は、ハジメに頭が上がらないようだ。

その剣持警部も、今回の招待を受けていたのであった。

「まあ、乗った乗った。——あ、君、じゃあ次は港までいってくれ」

運転手の制服警官にそう言って、剣持はどっかとシートに背中をあずけた。ほとんど、パトカーをタクシー扱いしている。

剣持の、頑固そうな面持ちに隠れた人懐っこさを知っているハジメには、その偉そうな態度がおかしかったが、警視庁捜査一課の警部といえば、警察組織の第一線中の第一線、こんな田舎の制服警官あたりには、雲の上の人なのだ。

その雲上人を〝オッサン〟呼ばわりするハジメを、この警官はどう見ているのか。さしずめ、警視総監のご子息とでも、思っていることだろう。

3

十五分ほど田舎道を走ると、小さな漁港が見えてきた。

薄汚れた漁船のはざまに、ひときわ目立つ真っ白なクルーザーが停泊している。船体に『ファントム号』と書かれた、この十五人乗りの高速艇が、『オペラ座館』のある小さな孤島、歌島《うたしま》への唯一の交通手段なのだ。

「おひさしぶりです、みなさん」

ホテル『オペラ座館』のオーナー、黒沢和馬が、相変わらず柔和な笑顔で、ハジメたちを出迎えた。

黒沢の左頰には、大きな目立つ傷があった。それがいくぶんか、彼の穏やかな容貌に翳《かげ》を落としている。

——この傷ですか？　ははは、怖がるお客さんも、たまにおりますがね。まあ、ヤクザ上がりというわけではありませんので、心配せんでください——

かつて黒沢は、そう言って、笑いとばしていた。

そんなくったくのない黒沢が、ハジメは好きだった。

また逢《あ》いたい。ずっと、そう思っていた。だから、黒沢から招待状をもらった時は、素直に喜んだ。

以前、一緒にこのホテルを訪れた高校の仲間たちは、殺人事件に巻き込まれたような場所など、二度といきたくないと言って、にべもなく断ったらしい。

結局、ハジメと美雪の二人だけで、参加することになったのである。

クルーザーには、ハジメたちと黒沢以外に、二人の男が乗っていた。ハジメたちの反対側の座席で、なにやらヒソヒソと言葉を交わしては、クックッとのどの奥で笑いあっている。

けたたましいエンジン音で、何を言っているのかは聞こえないが、目線と表情から読み取るかぎり、さしずめ、美雪の品定めでもしているのだろう。

一人は、肩まである長髪で、彫りの深い顔立ちをした、二十歳《はたち》過ぎと思われる男だった。背は低く、不健康そうな顔色だ。赤黒い顔に、派手なオレンジ色のポロシャツが不似合いで、かえって顔色の悪さを際立たせている。

そして何より、口の端を歪《ゆが》める、媚《こ》びるような笑い方が、その男の卑屈で小心な性質を端的に表していた。

もう一人は、色白の太り気味の男である。顔は、やせればそれなりに見栄《みば》えのする、整った目鼻立ちだが、下腹とあごの脂肪が、それを台なしにしている。

長髪の男よりは、少し年上だろう。きょろきょろと周囲に目配りをする、神経質そうな男だった。

「あたし、あのちょっと太ったほうの人、見たことある」

美雪が、ハジメの耳元でささやいた。

「へえ、誰だよ」

「たぶん、『幻想』っていう有名な劇団の役者さんだと思う。あたし、一度公演観にいったことあるんだ」

「へえ、さすが演劇部。くわしいねえ」

「はじめちゃんだって、演劇部じゃない。いちおう」

「おれ？　おれは、たまに手伝ってるだけだぜ。入部した覚えはねえよ」

「もう……」

「へえ、君たち、演劇に興味あるの？」

ふいに、太ったほうの男が、美雪のほうに向かって身を乗り出し、話しかけてきた。

「――高校生？　あ、もしかして、黒沢先生が言ってた、名探偵クンかな」

ハジメをじっと見ながら、にやりと笑う。

笑うときれいに並んだ歯が、ずらっと奥歯まで見える。それが、妙に下品な印象を与えた。

「はは、いやまあ……。で、あなた方は？」

その男の押しつけがましい勢いに、ハジメも美雪も、思わず腰が引ける。

「私の、昔の教え子ですよ、金田一さん」

操舵《そうだ》室から顔をのぞかせ、黒沢が言った。「教え子？　オーナー、学校の先生でもなさってたんですか」

剣持警部がきくと、黒沢は、白い歯を見せて答えた。

「ははは。そんなんじゃありません。四年ほど前まで、私、ある劇団で演出をやっとりましてね。その二人は、その時受け持ってた、練習生というわけです。それぞれ今では、立派に役者として活躍しとるんですが、私が無理を言って、今度の芝居を手伝ってもらうことになったんです。じつはもう三日前から、稽古に入ってましてね。ちょっと町まで、買い物に行った帰りなんですよ」

「ええっ!?　じゃあ、オーナーって、まさか劇団『幻想』の黒沢和馬？　あの有名な？」

　美雪が、すっとんきょうな声をあげた。

「まあ、そう有名というわけでもなかったですけどね」

「うそーっ、あたし、ぜんぜん気がつかなかった！」

「へえー。オーナーって、有名人だったんですか？」

　と、ハジメ。すると今度は、長髪の男が身を乗り出して言った。

「おいおい、君。失礼じゃないか。『幻想』の黒沢和馬先生といえば、かつては日本で五本の指に入るといわれた演出家だよ。現代演劇を改革し、ビジネスとして成功させた、陰の立て役者ともされているんだ。

　その演出の幅広さとバリエーションの豊かさは、いまだに超える者なしといわれる、名演出家なんだぞ。なにしろ、『オペラ座の怪人』だけでも、八種類もの演出を試みて、そのすべてを、大成功に終わらせているんだからな。知ってるか、君たち。『オペラ座の怪人』って」

　ハジメと美雪は、目を見合わせた。が、何も答えなかった。

　ハジメも美雪も、もちろんその歌劇のことは知っていた。一生忘れることはないだろう。なぜならそれは、これから赴く『オペラ座館』で起きた、あの痛ましい事件の、いわば『テーマ』のようなものだったのだから。

「──知らないのかよ。まったく、近頃のガキは。ガストン・ルルーの名作スリラー小説だよ。

パリの劇場『オペラ座』の地下に棲《す》みついた怪人ファントムが、美しいオペラ歌手のクリスティーヌに恋をして、その思いを遂げるために、次々と殺人を犯すという、まあ、単純といえば単純なストーリーなんだが、その分いろんな解釈が試みられていてね、ロンドンをはじめ、ニューヨークのブロードウェイなど、世界中で何度も舞台劇やミュージカルの素材として取り上げられているんだ。

黒沢先生の『オペラ座の怪人』は、当時、ブロードウェイの演出家がわざわざ観にくるほどの評価を受けてたんだ。われわれ第十二期黒沢門下生は、今回その記念すべき九つめの──」

「わかったよ、うるせえぞ、緑川《みどりかわ》。お前は口数が多いんだよ、ばかやろう」

太ったほうの男が、きつい口調でオレンジシャツの緑川という男を制した。緑川は、いじけた様子で、しゅんと黙り込んでしまった。

「ごめんね、君たち。こいつ、理屈ばっか達者でさ。あ、こいつは緑川由紀夫《ゆきお》、おれは滝沢厚《たきざわあつし》っていいます。そっちのコは知っててくれたみたいだけど、いちおう、『幻想』の役者やってますんで、以後よろしく」

滝沢は、唖然《あぜん》としているハジメと美雪に、一方的にまくしたてた。

「あ、ど、どうもこちらこそ……。おれ、金田一一、こいつ七瀬美雪です、よろしく」

頭をかきながら、ハジメが言った。

返事は返ってこない。すでに滝沢も緑川も、こそこそとささやき合っては、またのどの奥で笑っている。

「おい、美雪」

ハジメは、あきれ顔で美雪に耳打ちした。

「——お前、あんまり演劇とかに、深入りしないほうがいいんじゃない？」

ふいに、船の速度が落ちた。

エンジン音が低くなり、かわりに、荒々しい波の音が耳の奥を洗う。

「そろそろ着きますよ、みなさん」

黒沢が、舵《かじ》を右に左に操りながら言った。いつのまにか、目の前に高い岸壁がそそり立っている。

その頂に、新緑を思わす萌黄色《もえぎ》と、輝くような純白に壁を塗り分けた、大きな館がそびえていた。

「見て、はじめちゃん」

美雪が、窓を開け、舞い込む風に髪を押さえながら言った。

「『オペラ座館』よ……」

ふと、ハジメの胸に、奇妙な感動がこみ上げた。それは、懐かしい故郷にたどり着いたような、二度と戻りたくない地獄に突き返されたような、不思議な感覚だった。

この感覚がなんなのかを、ハジメは本能的に理解していた。

それはおそらく、不吉な予兆だった。

『オペラ座館』は、何も語らず、ただ静かに、訪れる者たちを見下ろしていた。

4

ホテル『オペラ座館』のある歌島は、南伊豆《みなみいず》の沖合いに浮かぶ、周囲一キロほどの小島である。島の大半が芝生に覆われていて、まばらな樹木があるだけの、絶海の孤島だ。

明治時代に、ある資産家が別荘を建てるまでは、まったくの無人島であった。

その後、この館は何度か持ち主が替わり、最後の持ち主が死んで荒れ放題になっていたのを、十年前に現オーナーの黒沢が、島ごと買い取ったのだ。

荒れ果てていた洋館を、六年かけて少しずつ改築し、四年前にホテルとしてオープンしたということだった。

ホテル『オペラ座館』の周囲は、手入れの行き届いた洋風庭園が囲んでいて、さながらヨーロッパの小貴族の邸宅といった趣である。建物の外観は、荘厳なジョージアン・スタイルといわれる建築様式で、玄関の両側に配された装飾柱が、その特徴をなしている。外壁は、新緑を表す萌黄色と白に、美しく塗り分けられていた。

「すてきね、やっぱり」

眼前にそびえる『オペラ座館』を見上げながら、美雪が言った。

「まったくだ」

剣持警部が相槌《あいづち》をうった。彼には、別の感慨があるようだ。

ともかく、ハジメたち三人は、あの〝惨劇の館〟を、こうして、ふたたび訪れたのである。

クルーザーで一緒だった劇団員二人は、船をおりた後、すぐに手を振ってどこかに消えている。

「さて、じゃあさっそく、新しい劇場に案内しましょう」

黒沢がそう言って、玄関の白い両開きの扉を開けると、二十歳過ぎと思われる、エプロン姿の男が出てくるところだった。

「あ、オーナー」

彼は言った。

「ん、どうした。江口《えぐち》くん」

「食事の用意ができたんで、能条《のうじょう》さんたちを呼びにいこうかと……」

「能条くんなら、たぶん、まだ劇場だろう。私がついでに呼んでくるよ。君は、あの二人を探してきてくれないか？　ついさっきまで一緒だったんだが——」

「はい」

と返事して、江口は、エプロンをしたまま外に出ていった。

「今の人も、役者さんですか」

美雪が、黒沢に尋ねた。

「いや、彼は江口六郎《ろくろう》くんといって、W大学の学生ですよ。夏休みのたびに、アルバイトに来てくれてるんです。よく働いてくれて、助かってます。——さ、どうぞ、はいってください」

館の中は、廊下一面に赤いカーペットが敷きつめられ、カーテンも、洋風の窓によく似合う、華やかな薄いピンクの花柄で統一されている。

かつてここで、恐ろしい殺人劇が繰り広げられたことを連想させるようなものは、何ひとつ見当たらなかった。

劇場と本館は、玄関を入って中庭を左に見ながら、右手の廊下を奥へ進んだところから、渡り廊下でつながっている。

劇場入り口の扉は、まだ仮仕上げで、錠前もろくについていない。ロッカーなどによく使われている、例のカバン型の南京錠《なんきんじょう》が、ドアの金具にぶら下がっているだけだ。

「まあ、劇場といっても、さして高価な機材があるわけでもないですから、本当はこのカギで十分なんですがね。見栄えがよくないので、近いうちにちゃんとした錠前を取り付けようと思ってるんです。でも、じっさいこの南京錠だって、一度もかけたことがないんですよ。ははははは。さ、どうぞ、中へ入ってください」

黒沢にうながされ、ハジメたちは劇場に足を踏み入れた。

「おお、可哀相《かわいそう》なエリック。せめてあなたのために歌をうたわせて！」

よく通る女の声が、客席に響いていた。

舞台の上に椅子が五つ、半円形に並べられ、そのうちの三つに、二人の女と男一人が座っていた。

「ウソ！　あの真ん中の男の人、能条光三郎《こうざぶろう》じゃない」

美雪が、役者より大きな声をあげた。

「――それに、髪の短い女の人は加奈井理央《かないりお》でしょ、あとの一人は能条光三郎の奥さんで、たしか能条聖子《せいこ》だったかしら」

「へえ、有名なの？　あの人たち」

と、ハジメ。

「もちろんよ。信じられないわ、みんな、劇団『幻想』の若手スターばっかり！」

美雪が、「ウッソー」を連発しながらはしゃぐと、舞台の上の役者たちは、稽古をやめて立ち上がった。

「バカ、美雪、お前が騒ぐからだぞ。すいません、こいつミーハーで」

ハジメが、そう言って美雪の頭をこづいた。

「ははは。いいんですよ。ちょうど昼食の時間だし、もう終わろうと思ってたところだから」

女性二人の真ん中に座っていた能条光三郎が、さわやかな笑顔で言った。

スポットライトに映えるその笑顔を見て、ハジメはハッとなった。横では、美雪が瞳をキラキラさせて、舞台に見入っている。

男のハジメが目をみはるほどに、能条の容貌は美しかった。

長身の力強い体格と不似合いなほどに、整った目鼻立ち。浅黒い肌。髪をかきあげるすこしナルシスティックなしぐさまで、なんとなく認めたくなる。

「ええーっ、もう少し今のシーン、やっときたかったわ」

幼い顔立ちをしたショートカットの加奈井理央が、大げさな身振り手振りで言った。

手足が、素晴らしく長く、ちょっとした動作が優雅に映る。やせているくせに、出るところは出ている。完璧なプロポーションといえるだろう。

若さゆえの華やかさが、オーラのように全身にあふれかえっていて、顔は目立つほど美しくないのに、いつまでも見ていたくなるような魅力があった。

そうしてみると、隣でツンとすましている能条聖子とは、対照的だ。

彼女は、たしかに際立つ美人だったが、どこか人を見下しているような雰囲気があった。

「いいじゃないの、べつに。三時から、また稽古なんだから、その時で。それよりあたし、おなかすいちゃったわ」

能条聖子が言った。

「でも……。聖子さんは完璧だからいいけど、あたしは——」

と、加奈井理央。

「なによ、それ。いやみ？」

聖子が、気色ばむ。

「い、いえ、そんなわけじゃ……」

「言っとくけどね、理央さん。あなたの首なんか、あたしがパパに言えば、簡単にチョンよ。ちょっと人気が上がってきたくらいで、調子にのらないことね」

「べつに、調子になんか……。ただ、せっかく黒沢先生が演出してくださるんだから、絶対にいい演技をしたいんです。クリスティーヌはセリフも多いし——」

「どういう意味よ、それ。どうせあなたは主役で、あたしは仇役《かたきやく》よ。黒沢先生に買われてるからって、いい気になるんじゃないわよ。まったく、なんであたしがカルロッタで、あなたがクリスティーヌなの？　こんなとこ、来るんじゃなかったわ！」

聖子は、台本を床に叩《たた》きつけた。

「いいかげんにしろ、聖子。お客さんの前だぞ」

能条が、眉を寄せてたしなめる。

「あら、また、理央さんのことかばうのね。やっぱりあなた――」

パンパン、と誰かが手を打ち鳴らした。

「よーし、じゃあみんな、休んでくれ」

黒沢和馬だった。

「――食堂に、昼食の用意ができてる。先にいって待っていてくれ。私たちも、すぐに戻るから」

三人の役者たちは、それっきり黙って舞台を下りると、黒沢に向かって軽く頭を下げ、口々に、

「お先に失礼します」

とだけ挨拶して、劇場を出ていってしまった。

「すっごーい。みんな、プロの役者さんって感じ……」

美雪は、頰を紅潮させて言った。

「――厳しいっていうか、お互い意識しあってるっていうか……」

「うーん、おれには、ただの痴話ゲンカにしか見えなかったけど……」

と、ハジメ。きまり悪そうに、黒沢がごまかし笑いで言った。

「はは……。まあ、彼らは同期生だからね。ライバル意識が強いんだろう」

「同期生？　でも、同じ年には見えなかったけどなあ」

ハジメが、口をはさんだ。ささいなことでも、疑問を持つとすぐ首を突っ込む。それが、ハジメの性分である。

「加奈井くんは、二十一になったばかりです。四年前、私の教え子だった時は、まだ十七歳の高校生でした。聖子くんは二十五、いちばん年長の能条くんは、もう二十七になるはずです。役者としての勉強を始めるのに、年齢は関係ないですからね。中学や高校の勉強とは違いますから。四十歳の新人だっているんですよ」

「へえー……」

「——さ、じゃあ劇場を、簡単に案内させてください」

5

新しい劇場は、五十席ほどの小劇場で、奥行き二十メートル、舞台の間口は六、七メートルほどしかない。以前のものより、ひとまわり以上小さかった。

劇場だから、もちろん窓はない。出入り口は、たった今入ってきた、客席の後ろ、つまり舞台の真っ正面にあるものと、舞台の向かって右袖にある機材搬入用の裏口、この二つしかなかった。

裏口は、頑丈そうな両開きの扉で、しっかりと掛け金がかけられていた。

「あら、珍しい」

客席の両脇にかかった大きな絵を見て、美雪が言った。

「――劇場に絵を飾るなんて。でも、なんか素敵ね」

「あの絵は、さっきの教え子たちが、新しい劇場に、ってことでくれたものなんです」

黒沢が、舞台に向かって右手に飾られた、現代画風の派手な色使いの、大きな油絵をさして言った。

「――でも、悪くないでしょう？　劇場に絵を飾るのも。窓もないし、明るくなった時の劇場というのは、なんとなく殺風景ですからね」

「じゃあ、あの、反対側のきれーな女の子の絵は？」

と、ハジメが尋ねた。

それは、髪の短い少女の絵だった。

薄暗い劇場の明かりでも、その肌の白さがわかる。

少年のように短く刈った髪。それでも、ひと目で少女とわかる柔らかい肩、たおやかな首。ピンク色の普段着が、さりげない。

そして、かすかな胸のふくらみ。

おそらく、十四、五歳の少女だろう。

「……ああ。あれですか。ここの常連のお客さんに、昔からつきあいのある画家がいましてね。間久部《まくべ》青次《せいじ》というんですが。あの絵は、彼が描いたものです。彼にも、自分の絵をこの劇場に飾ってほしいと頼まれまして。まあ、右の絵とあまり画風がつり合わないとは思ったんですが――」

「へえー……。しっかし、きれいな絵だな。モデルは、誰ですか」

ハジメがきくと、黒沢は、一瞬表情を曇らせて答えた。

「私の、死んだ娘です」

しまった、とハジメは思った。

「まったく、相変わらず気くばりのないガキだな、お前は！」

剣持が、脇腹をつつく。

「オッサンに言われたかねーよ」

「ははは。気にせんでください」

黒沢が、フォローにはいった。

「――四年も前のことですから」

そう言って、笑顔で、劇場の入り口に向かって歩きだした。

「さ、次は、設備のほうをお見せしましょう。あんまりお金はかけられなかったですから、劇場自体は、少し小さくなってしまったが、でも、設備はなかなかのものです。たとえば、見てください、これ」

黒沢は、そう言って入り口脇の壁にあるスイッチを操作した。劇場の照明が暗くなり、舞台の上のほうで、ぼんやりとした大きな明かりが灯った。

「おおっ」

「すごーい！」

ハジメも美雪も、いっせいに声をあげた。

それは、巨大なシャンデリアだった。

照明自体の明かりは弱々しいが、無数のガラス玉と、ミラー・デコレーションが、自らの光を映し、きらきらと輝いている。

直径二メートル近くある、みごとなシャンデリアだった。

「まあ、もとは取り壊した古い劇場の、客席の天井にあったものなんですが、私が、それに手を加えましてね。ごちゃごちゃと飾り玉やらミラーボールやらをくっつけて、ああいう形にしたわけです」

「へえー。でも、なんでまた、そんなにまでして、舞台の上にシャンデリアなんか?」

ハジメは、ぶしつけにきいた。

黒沢は、答えた。

「私の舞台に、シャンデリアは欠かせませんから」

「……?」

どういう意味か、この時のハジメにはわからなかった。

「さて、そろそろラウンジでお茶でもおいれしましょう」

と、黒沢はシャンデリアを消し、劇場の電灯をつけた。

「あ、オーナー。もう一つ、きいていいですか?」

美雪が言った。

「? どうぞ?」

「この劇場、舞台の奥行きが、やけに深いですよね。たしか、前の劇場は、もっと普通だったように思うんですけど……」

たしかに、この舞台は、間口のわりに奥行きが深い。ほとんど、正方形に近い形をしている。

奥と両脇の三方を、森の風景が描かれた絵幕が囲んでいる。客席から見ると、舞台の上は、さながら森の中のようだ。

「さすが七瀬さん。演劇部員だけのことはありますね」

「い、いえ、そんな……」

美雪は、照れて頬に手をあてた。美雪の、昔からの癖である。

「なにぶん人手も予算もありませんのでね。大道具をなるべく使わないですますため、背景を描いた絵幕を何重にも重ねられるよう、舞台の奥行きを深めにとってあるんです」

黒沢は、入り口脇の『操作室』と書かれた小部屋に、ハジメたち三人を招き入れて、なにやら機械をいじりはじめた。

「舞台を見ててください」

黒沢が言うと、舞台の三方を囲んでいた森の風景の絵幕が上がりはじめた。

その後ろから、別の絵幕が現れる。

「レンガだわ……？」

森の幕が上がりきると、舞台は赤茶けたレンガに囲まれてしまった。

さらに、舞台の正面、ちょうど、緞帳《どんちょう》が下りる舞台と客席との間のあたりに、目の荒い網のようなものが下がってきた。

「なんですか、あれ」

ハジメがきくと、ずっと黙っていた剣持が、割り込んできた。

「あれは、漁に使う網だぞ。あの大きさだと、たぶん地引き網だな」

「なんだよ、オッサン、地引き網って」

「──ったく、最近のガキは、そんなことも知らんのか。こう、砂浜でエッチラオッチラ引っ張る網だよ。社会科の授業で、習っただろうが」

剣持は、得意げに身振りを入れて、説明した。

「そうそう。その網ですよ。古いものを、漁港で安く分けてもらったんです。外界と地下の迷宮を隔てる、鉄格子を表してる」

「あれが、鉄格子？　ちょっと無理があるんじゃないですか」

ハジメが、ぶしつけに言うと、黒沢は意味ありげに微笑んだ。

「まあ、見ていてくださいよ」

黒沢は、また、機械を操作した。

すると、薄暗い劇場の電灯が消え、舞台照明がさまざまな色の光を放った。

「わ、すごい！」

ハジメたちは、思わず声をあげた。

客席と舞台を隔てる網が、青白い光を放ち、重々しい鉄格子へと変わり、背景のレンガ模様が、まさに冷たい地下迷宮を表現したのだ。

「どうです？　ちょっとしたものでしょう。あの網には、蛍光塗料が塗ってありましてね。それに『ブラックライト』という、奇術の骸骨ダンス——例の光る骸骨が踊るやつですが——あれに使う特殊なライトをあてているんです。

ニューヨークのブロードウェイ・ミュージカルでは、このシーンで本物の鉄格子が下りてくるんだが、そんな予算はありませんからね。地引き網で代用です。でも、雰囲気出てるでしょう？　『怪人』の巣窟っていう、雰囲気が」

「怪人？」

ハジメがきくと、黒沢は満足げに言った。

「そう。『オペラ座の怪人』のね」

「え？　じゃあ、今度の芝居っていうのは、『オペラ座の怪人』なんですか？」

〝また〟という気持ちをしまいこんで、ハジメは尋ねた。

「もちろんそうですよ。私にとって『オペラ座の怪人』は、特別なものですからね。そう、ライフワークといっても過言ではない。あの大きなシャンデリアも、この新しい劇場で、『オペラ座の怪人』を上演するためには、欠かせない仕掛けなんです。パリの『オペラ座』の地下に巣くう醜悪な怪人ファントムが、美しい歌姫クリスティーヌに恋をする。そして、彼女に役を与えるために、オペラスターであるカルロッタの頭上に、シャンデリアを落として彼女を殺してしまうんです。ファントムの悲しい恋は、そうして、恐ろしい悲劇を紡ぎ出していくんですよ」

黒沢は、頬を紅潮させて語った。

顔の傷が、赤く浮きだすのを横目で見ながら、ハジメは複雑な思いにかられた。

黒沢の娘が元劇団員であり、『オペラ座の怪人』の上演中に失踪して、この『オペラ座館』の舞台の上で自殺したらしいということは、以前ここで殺人事件が起きたあと、剣持警部から聞いていた。

そして、その殺人事件もまた、『オペラ座の怪人』のストーリーに沿って行われたのである。

にもかかわらず、なおも『オペラ座の怪人』にこだわり続ける黒沢の精神構造は、ハジメには理解しがたかった。〝異常〟とさえいえた。

「楽しみですよ。本当に楽しみです」

黒沢は、そうつぶやいて照明のスイッチを切り、怪人のすみかを、再び暗闇の奥に閉じ込めてしまった。

6

ああ、なんという醜い顔だ。

この腐肉のような肌が憎い。このドクロのような目も鼻も、すべてがうらめしい。

ああ、わが名は、ファントム。

地獄の業火に身を焼かれながら、それでも天使に憧れる……。


ファントムは、『オペラ座の怪人』の台本を、呻《うめ》くような声で読み上げながら、薄暗い舞台に立っていた。

自分の醜さに煩悶《はんもん》しながら、それでも希望を捨てきれない『怪人』の気持ちが、ファントムにはよくわかる。それはまさに、今の自分の気持ちだからだ。

ああ、醜い。なんという醜さだ。

顔だけでなく、この心も。

私の心は、きっとわが身より先に、地獄に堕ちてしまったにちがいない。

これから人を殺すというのに、なんのためらいも感じないのだから。

しかし――それでも私は信じてやまないのだ。

すべてが、天使のためならんことを。

地獄の業火に、この身が焼きつくされようとも。


ファントムは、そっと台本を閉じて、舞台を下りた。

『準備』は、すべて整った。

あとは、この手で絞め殺すだけだ。

あの、許しがたい女を。

くびに縄を巻きつけ、ぎりぎりと絞めあげる。そして、息の根が止まる寸前に、そっと耳元で囁《ささや》いてやるのだ。

なぜ自分が殺されるのか、その理由を、そっと。

〝あの男〝を殺すのは、もう少しあとだ。あいつは、最後の最後に、とっておくのだ。なぜなら——。

ククッ……ククク……。

ファントムは、忍び笑いをしながら、劇場をあとにした。

完全犯罪の準備は、すべて整った。

悲劇の幕は、今夜開く。

カルロッタの、凄惨なる死をもって——。

第二幕　『カルロッタは、劇場で——』

1

夜になった。

ハジメと美雪と、剣持の三人は、食堂に一番乗りしていた。

八月の終わりというのは、思いのほか日が短い。

劇団員たちの練習を見学したり、浜辺に出て泳いだり、そんなことをしているうちに、あっというまに日が落ちてしまった。

美雪は、無邪気にはしゃいでいるようだったが、ハジメのほうはというと、今日一日、何をしても気が乗らなかった。

この『オペラ座館』で、『オペラ座の怪人』の舞台が、行われようとしている。

あの〝惨劇〟の時と同じく——。

ただそれだけのことなのに、なぜか、胸騒ぎを抑えられないでいた。

「電話が通じない？　本当か、江口くん」

　廊下から、黒沢オーナーの声が聞こえた。

「そうなんです、オーナー。波が高くなってきたんで、クルーザーの位置を変えようと思ったんですが、エンジンがかからなくて。それで、修理工場に電話をかけたら――」

「かからなかったのか」

「はい」

「無線は？　クルーザーに積んであっただろう？」

「だめです。バッテリーがショートしたようで、電気系統が全部イカレたのかもしれません」

「困ったな、それは。次の定期巡回船は、いつ来ることになってた？」

「あさっての昼ごろです」

「やれやれ、それまでカンヅメか……」

「本当ですか、それ」

　ハジメが、廊下に飛びだして尋ねた。

「は、はい。でも、心配ありませんよ」

血相を変えているハジメの様子に、アルバイトの江口が慌てて言った。

「――食料も水も十分ですし。それに、あさってには巡回の警備船が来ます」

「しかし――」

と言いかけたハジメの後ろから、聞き覚えのある抑揚のない声がした。

「何か事件でも起こったら、逃げだすことはできませんね」

一メートル九十センチはゆうにある、見上げるような長身に、細長く青白い顔。口もとに常に笑みをたたえながら、黒縁の眼鏡の奥の目は、冷たく光っている。

医者の、結城《ゆうき》英作《えいさく》だった。

かつてこの館で起こった、あの殺人事件の時、彼もまた、このホテルに宿泊していたのだ。

「あれっ、結城さん。あなたもいらしてたんですか」

剣持警部が、ハジメのあとを追って現れた。美雪も、食堂の扉から、不安げに顔を覗かせている。

「これはこれは、みなさん。お久しぶりです。いや、実は私、あの事件以来、このホテルがすっかり気に入ってしまいましてね。あれから、週末のたびに、ここにお世話になっているんです。今回は、みなさん同様、オーナーから招待を受けましてな。

しかし、驚きましたね。あの時のメンバーが、四人もそろってしまうとは。いや、オーナーを入れると五人か。おっと、これは失礼。嫌なことを思い出させてしまったかな」

結城は、無神経にそう言って、クックックッと鳩《はと》のように小さく笑った。

「どうしたんです？」

劇場へ続く廊下から、結城と同じくらい背の高い男が姿を見せ、妙にこもった声で尋ねた。

その男の顔を見て、ハジメは危うくあっと声をあげそうになった。

男は、水泳用のゴーグルのようなものをしていて、さらに大きなマスクで口と鼻を覆っていたのだ。

マスクの脇からのぞく赤黒い肌に、斑《まだら》模様の湿疹《しっしん》が浮き出ている。たぶん、極度のアレルギー体質なのだろう。

「あ、間久部くん。申し訳ないね、お騒がせして」

黒沢が言った。

マスクの男は、画家の間久部青次だった。劇場に飾ってあった、あの美少女の絵、黒沢の娘の、肖像画を描いたという画家だ。

続いて、劇団員たちもゾロゾロと集まりはじめ、クルーザーも電話もだめ、という知らせを聞いて、口々に不安をもらしていた。

2

夜の七時半には、劇団員も宿泊客も、ほぼ全員食堂にそろっていた。

一人だけ、能条光三郎の妻、聖子だけが、まだ姿を見せていなかった。

「どこいったんだ、聖子のやつ」

能条が、ダイニングチェアに、ふてくされた様子でどっかと腰をおろして言った。

「部屋には、いらっしゃらなかったんですか、能条さん」

と、緑川由紀夫が、媚びた調子で尋ねた。相変わらず、似合わないオレンジ色のシャツを着ている。

テーブルの上に並べられたフォークとナイフを、落ちつかない様子でカチャカチャともてあそんでいるのが、笑顔とは裏腹のいらだちを表していた。

「ああ。また、ちょっと喧嘩《けんか》をしたものでね。どっかに、プイッと出ていっちまった。しょうがない女だよ。まったく……」

「そう思うなら、別れればいいんですよ」

小声で、ひとりごとのように滝沢厚が言った。

「うるせえ、デブ。お前に言われる筋合いはねえ」

能条の表情が豹変《ひょうへん》した。声の調子も、つい今しがたまでの明朗さが、嘘のようだ。

突き放すような、冷たい響きを帯びている。

滝沢は、何も言い返さずに、口をへの字にして黙ってしまった。

ハジメは、この短いやりとりで、彼ら劇団員たちの人間関係に、ただならぬ居心地の悪さを感じた。

すくなくとも、和気あいあい、といったものではなさそうだ。

「黒沢先生、もう七時半になりますよ。食事を始めましょう。こうして劇場の完成を祝って集まってくださった方々に、これ以上ご迷惑をおかけするのも申し訳ない。聖子が戻ったら、おれがきつく言っときますから。乾杯の挨拶お願いします」

能条は、笑顔に戻って言った。

「うーん……残念だがそうさせてもらいますか。じゃあ、みなさん、グラスを――」

黒沢が言いかけたとたん、

「何これ、やだ……！」

と、加奈井理央が声をあげた。

「――見てください、先生。なんだと思いますか、これ」

加奈井は、立ち上がって、マッチ箱ほどの大きさに二つ折りにされた紙切れを、黒沢に差し出した。

黒沢が受け取って広げると、ワープロで打ったような文字が書かれていた。

『カルロッタは、劇場でシャンデリアの下敷きになった。――P』

「どういう意味だ、これは?」

横から覗き込んだ滝沢が言った。

「カルロッタって、聖子さんの役のことかな……?」

緑川が言った。

「『P』……PHANTOM《ファントム》? まさか――」

ハジメの脳裏に、ふと、最悪の連想が走り抜けた。

歌劇『オペラ座の怪人』では、オペラ歌手のカルロッタは、怪人ファントムが落としたシャンデリアの下敷きとなって死ぬ。

そして、かつてこの館で起こった連続殺人の、最初の犠牲者もまた……。

「——聖子さんが、シャンデリアの下敷きになったってことか？」

ハジメが言った。

その場にいた全員が、ハジメを見た。

その視線に弾かれるように、ハジメは椅子から立ち上がり、劇場に向かって駆けだしていた。

剣持警部があとに続き、他の全員も、すぐについてきた。

劇場の扉は、閉まったままだった。

南京錠は、金具にぶらさがったままである。カギはかけられていない。

ハジメは、ひと息深呼吸をして、覚悟を決めて扉を開けた。

劇場は、真っ暗だった。客席も舞台も、吸い込まれるような暗闇である。

黒沢オーナーが、割り込んできて、入り口の脇にある電灯のスイッチを、手さぐりでつけた。

「——!?」

「どけっ！」

後ろから、突き飛ばすようにハジメを押し退けて、聖子の夫の能条が、劇場に飛び込んだ。

「な、なんだ、脅かしやがって……。何もないじゃないか」

能条が、ホッとしたように言った。

劇場の電灯は薄暗かったが、それでも、舞台の上に何もないことは、はっきりとわかった。

鉄格子がわりの地引き網で仕切られた、何もない舞台の向こうに、レンガ模様の絵幕が見える。

シャンデリアも、その巨大な姿に似合わぬ、ぼんやりとした光を放ちながら、たしかに舞台の上にあった。

「ふざけやがって!」

能条が、怒鳴り声をあげた。

「――聖子のやつ、悪ふざけもいいかげんにしろよ!?」

大変な剣幕である。

「やれやれ。つまらん冗談につきあわされて、せっかくの夕食が台なしだ。戻りましょう、先生」

滝沢が言うと、黒沢は、顔を真っ赤にして怒りをあらわにした。

「まったく、困ったわがまま娘だ。こういう、自分勝手なところは、四年前と少しも変わっていない」

温厚な彼にしては、珍しい反応である。

一瞬、その場にいた劇団員たち全員が、シンとなった。怒鳴りちらしていた能条も、自分の感情を飲み込むように黙って、黒沢に目をやった。

ハジメは、この時ふと、黒沢の瞳に底知れぬ激情が浮かびあがり、能条に向かって注がれたような気がした。

それを感じたのか、能条は、黒沢から視線をはずして言った。

「戻りましょう。乾杯のやり直しだ」

「そうだね」

黒沢は、もう、いつもの穏やかな表情に戻っていた。そして、エプロンのポケットから、マスターキーの束を取り出すと、

「初めて、このカギを使うことになってしまったな」

と、ただぶら下がっているだけだった南京錠をはずし、劇場の扉の掛け金にしっかりと通して、そのままカギをかけてしまった。

どことなく気まずい雰囲気のまま、黒沢が簡単な挨拶と乾杯の音頭をとり、夕食は再開された。結局、能条聖子だけが現れないまま、八時半ごろには全員食事を終えていた。

3

途中、二十分くらい過ぎたあたりで、滝沢が、いそいそと食事を終えて、食堂を出ていった。

彼が戻ってきたのは、食事が終わりかけたころである。不機嫌そうな顔で、しきりに舌を鳴らしながら、ラウンジのソファに座り込んで、携帯ワープロに向かって何か打ちはじめた。

鼻の穴を膨らませながら、カタカタとキーボードを叩いては、時々、一人で笑っている。祈るように、目を閉じながら、ぶつぶつと何かをつぶやいている時もあった。

食事が終わると、能条聖子が現れないこともあってか、気まずい空気が、あとに残った。

美雪は、ハジメの隣で、食後に出されたコーヒーの残りを、いつまでもすすっている。このいづらい場から立ち去りたいらしく、何度もちらちらと、ハジメのことを牽《けん》制《せい》し、席を立つように促していたが、ハジメはそれに気づかず、ひとりでぼんやりと考えごとをしていた。

〔『カルロッタは、劇場で』——か。なんだったんだ、あれは……〕

ふと気がつくと、窓が、ぱらぱらと音をたてていた。雨滴が当たる音である。いつのまにか、雨が降りはじめていたようだ。風も、少し強くなっているらしく、古い木の窓枠が、時おり虫が鳴くように軋《きし》んでいる。

耳を澄ますと、風の音に混じって、遠く、海鳴りが響いていた。

「さあて、みなさん」

沈黙を破ったのは、能条だった。芝居のセリフのような言い方である。イスから立ち上がって、身振り手振りまで加えている。

「——せっかくこうして知り合いになれたんですから、そちらのラウンジでゲームでもしませんか」

と、美雪と加奈井理央の顔を交互に見ながら、例の爽やかな笑みを振りまいた。

「えっ、一緒にですか？　やるやる！」

美雪は、相変わらずのミーハーぶりを発揮して、黄色い声で誘いに乗った。先ほどの脅迫状めいたメッセージの騒ぎなど、すっかり忘れているようだ。

もっとも、これくらい脳天気でないと、なにかと面倒なことに首を突っ込みたがるハジメとの付き合いは、続かないのだろう。

加奈井も、美雪と似たような反応だ。天真爛漫《てんしんらんまん》なのか、それとも能条に気があるのか、同じ劇団員なのに、そこいらのファンの女の子のようにはしゃいで、尻尾を振るように能条についていく。

「ほかのみなさんも、どうです？　楽しみましょうよ、この素晴らしき出会いの夜を」

能条が、舞台の上でみせるような会心の笑顔で言った。

ハジメは、芝居がかった言い方がカンにさわって、つい思っていたことが口に出た。

「――ったく。いいのかよ。自分の妻がどっかに消えちまってるっていうのに、ほかの女の子とゲームなんかやってて」

小声で言ったつもりが聞こえたのか、ハジメの隣に座っていた緑川由紀夫が、能条に向かって卑屈な笑いを浮かべながら言った。

「あのォ、能条さん、おれ、聖子さん捜してきましょうか？」

「ん？　おう、そうか。じゃあ、また頼もうかな」

「はい、じゃ、おれ、いってきます」

と言って、緑川は出ていった。

能条は、言い訳がましく、

「いや、お恥ずかしい。いつものことなんですよ、こういうの。妻は、少々わがままでね。じいやだのばあやだの、ぞろぞろといる家で育ったもんだから、ちょっと気に入らないことがあると、すぐ飛びだしてどこかにいっちまうんです。で、そういう時はいつも、彼に頼んで連れてきてもらうんですよ。おれがいくと、かえってこじれちまうんでね。はははは」

ハジメは、能条夫婦とその周りの劇団員たちの奇妙な人間関係に、興味を持ちはじめていた。

劇場で稽古をしていた時のいさかいから想像すると、能条聖子は加奈井理央に敵意を抱いているようだ。夫の光三郎が、加奈井に手を出し、それを聖子が嫉妬している、まあ、そういったところだろう。

滝沢厚は、どうも能条に反感を抱いているらしい。しかし、劇団内部の上下関係からか、彼は能条に、面と向かって反抗できないのだろう。それがもどかしいのか、滝沢の能条を見る目には、スキを探すような、陰湿な光が宿っているように思えた。

そして、緑川由紀夫は、能条夫婦と滝沢の、共通の使い走りといったところか。それにしても、この緑川という男の、目上の者に対する卑屈さは、どうも裏がありそうに思えてならなかった。

4

食堂の端に造られたラウンジコーナーが、ゲームの場に選ばれ、まず能条がソファに腰をおろした。続いて美雪が、遠慮がちに少し間を開けて座り、ハジメを手招きする。

「ねっねっ、はじめちゃんもやろーよ」

「へいへい。おつきあいしますよ」

と、反感まるだしの視線を能条に向けながら、ハジメは、美雪と能条の間に割って入った。

ハジメはどうも、この能条という男の芝居がかった好青年ぶりが、気にくわなかった。彼の誘いに、ホイホイと美雪が乗ったことへの、つまらないやきもちも混じってはいたが、それだけではない。

この男の笑顔には、どこか裏がある。

べつにさしたる根拠があるわけではないのだが、そう思えてならなかったのだ。

そのハジメの思いは、たぐり寄せれば、この『オペラ座館』に着いた時から続いている、あの暗鬱とした予感に、たしかにつながっているのだった。

「ねえ、ここ、いいかな？」

今度は能条とハジメの間に、加奈井理央が割り込んできた。にっこり笑って、タイトなミニスカートのまま、深いソファに無邪気に座り込むと、すらりと整った長い脚が、大胆にあらわになる。

「おおっ……」

思わず目がいくハジメを、目ざとくチェックして、美雪が、足を踏んづけた。

「いてっ、なんだよ、美雪」

「イヤラシイ目で見ないの！」

「べつに見てねーよ」

と、ハジメ。ふと隣を見ると、鼻の下をのばした剣持が、ねっとりとした視線を、加奈井理央の太股《ふともも》に送っている。

「オ、オッサン……」

「面白そうだな、おい。おれも、ちと加えてくれや」

「ロ、ロコツすぎるぞ、オッサン……」

当の加奈井は、まるで意に介さずといった面持ちで、ポケットから出したメンソールの煙草《たばこ》をふかしている。

「あ、『ウノ』ですか。面白そうだな」

と、エプロンをはずしながら、アルバイトの大学生、江口六郎が近づいてきた。

「よかったら、一緒にやりましょうよ、アルバイトくんも」

と、加奈井。それを聞いた江口が、物欲しそうな顔で、オーナーの黒沢を見る。苦笑いを浮かべながら、黒沢が言った。

「いいよ。江口くん、一緒に加えてもらいたまえ。今日は、昼間からいろいろと大変だったからね」

「いいんですか、オーナー。ラッキー！」

と、はしゃぎながら、江口は、剣持がトイレに立ったすきに、美雪の隣の席に割り込んだ。どうやら、美雪が目当てのようである。美雪の、ちょっと胸のあいたフリルのブラウスの、高校生にしては少し大きすぎる胸の膨らみに、それとなく視線を送っている。

「おい、美雪、シャツのボタン、とめろよ。胸、見えそうだぞ」

ハジメは、思わず言った。ちょっと彼氏っぽい言い方だと気づいて、一人でどぎまぎしているハジメを見て、美雪はクスッと笑った。

「いいの。このボタンとめたら、かわいくないから」

「で、でもな、お前……」

「はじめちゃんが、変なとこ見ないようにすればいいのよ」

と、美雪は知らん顔で、配られたカードを取りはじめた。

美雪の、この無防備な子供っぽさが、ハジメは好きだった。でも、同時にそれは、もどかしいところでもあった。

これがなければ、自分と美雪の関係は、今と違ったものになっていたかもしれない。ただの幼なじみより、少しは先に進めていたかも――。

ときどき、ハジメはそう思うのだった。

5

　こうして結局、剣持やアルバイトの江口もゲームに加わることになり、総勢六名が、ラウンジに集まってテーブルを囲んでいた。

　能条が、三回目のゲームの分のカードを配り終えると、加奈井が言った。

「ねえねえ、どうせなら、少しお金賭けない？　でないと、面白くないわ」

「あ、いいですね、それ」

　江口が、あいづちをうつ。

「こ、こらこら、お前ら。賭博はいかんぞ、賭博は」

　剣持が、怖い顔で言った。

「あら、おじさん、お固いのね」

　と、加奈井。

「当たり前だ。こう見えても、警察官だからな」

「ええーっ、そうなの？　カッコいい！」

　加奈井が、手を叩きながら黄色い声を出す。

「――じゃあ、ピストルとか持ってるの？　ねえねえ、見せて」

「い、いや、今は休暇中だからな、拳銃は持っとらんよ」

「でも、警察手帳とか、そういうのは持ってるんでしょ。見せて見せて」

「し、しかたないな。ほれ」

剣持は、加奈井の媚びるような言い方に、ちょっと上機嫌になって、上着の裏ポケットから、黒い革の手帳を出した。

警視庁と金文字が入っている。その上には、例の桜の紋所だ。

「きゃーっ！　これ、本物？」

「あたりまえだ」

と、剣持は、得意げに言って、にんまりとやにさがっている。

「触らして触らして！」

と、加奈井が手を差し出す。

「大事に扱えよ」

剣持が、調子に乗って手帳を渡したとたん、加奈井はそれをひったくり、

「もらいーっ！」

と、ワンピースの胸のあたりに突っ込んでしまった。

「お、おい、何をするっ!?」

「返してほしければ、固いことは言いっこなし。どうせ賭けっていったって、勝っても負けても、二千円とか三千円なんだから。いいわね、お巡《まわ》りさん?」

剣持は、おろおろと、

「し、しかしだな……」

「いいじゃないですか、剣持警部」

オーナーの黒沢が、助け船を出した。

「——どうです、こういう案は。賭けに勝ったお金のうち、半分は、この貯金箱に入れるんです」

と、黒沢は、ラウンジの暖炉をかたどった飾り棚に置いてある、一辺が十センチほどの、大きなサイコロのような四角いプラスチックの箱を指して言った。

「え、あれ、貯金箱なんですか? 中身からっぽみたいだけど」

美雪がきくと、黒沢は得意げに言った。

「面白い作りでしょう? 死んだ娘の持ち物だったんだが、今は、お客さんに小銭を入れてもらって、いっぱいになったところで、ユニセフに募金してるんですよ」

見ると、箱の横に、紙の小さな立て札が立てられ、「恵まれない子供のための、愛の募金箱」と書かれている。

「なるほど、つまりこれは、賭け事ではなく募金活動のための余興というわけですな。うーん。さすが黒沢オーナー。おっしゃることが違いますなあ。ま、そういうことだから、お前ら、賭け金、いや、募金額を決めろ。おれも加わるから覚悟しておけよ。ボコボコに、かっぱいでやる。わははははは」

　剣持が、そう言って大口を開けて笑った。結局のところ、大げさに賭博はダメなどと言ったのはポーズで、若い連中に加わってバカ騒ぎするのが、少し照れくさかっただけなのだろう。

　説教めいたことを口にして、保護者ぶってみたかったのだ。ハジメは、剣持のそういう、警部というしかつめらしい肩書きに似合わぬ人間臭いところが、嫌いでなかった。

「では、そういうことで、みなさんごゆっくり。私は、二階の奥の部屋におりますので、何かありましたら、声をかけてください」

　と、簡単な挨拶をして、黒沢は、自分の部屋に戻っていった。

　さっそく、カードが配られた。

　ゲームが始まってすぐ、ハジメは、食堂のテーブルにまだ誰か残っているのに気づいた。見ると、画家の間久部青次だった。

間久部は、一人でテーブルに向かって座っていた。食事の最中だけはずしていたマスクをかけなおし、相変わらずの奇妙な面相で、ただ黙って、『ウノ』に興ずるハジメたちの様子を、スケッチブックに鉛筆でデッサンしている。ゴーグルのような眼鏡の、茶色がかったレンズの向こうで、目の玉だけが、ぐりぐりと動きまわる。

ハジメは、『ウノ』のカードを手で弄びながら、劇場に飾られていた、あの少女の絵のことを思い出していた。

美しい絵だった。あの透明な、あまりにも澄みきった瞳の輝きは、この奇妙な男の絵筆から生みだされたのだ。

パキッ。

間久部の持つ鉛筆の芯が、乾いた音をたてて弾け飛んだ。

ふと、ハジメは間久部の視線が、ラウンジでゲームを楽しんでいるメンバーのうちの、特定の〝誰か〟一人に向けられていることに気づいた。

間久部は、新しい鉛筆を出して、ふたたび絵を描きはじめた。その視線は、やはり紙の上と、この中の〝誰か〟の顔を行き来している。

間久部は、誰を描いているのだろう？

そう思った瞬間、『ウノ』の順番が回ってきて、ハジメはそのまま間久部のことは忘れ、ゲームに戻ってしまった。

そして再び、少し騒がしく、しかし平和な夜の時間が、ゆっくりと流れはじめた。

が、この時すでに、悪魔の仕掛けた巧妙な〝からくり〟は、静かに開幕のベルを待っていたのだ。

そっと、闇の中で息をひそめながら――。

6

三十分ほどが過ぎた。

緑川は、十分くらい前に戻ってきて、自分も加わりたそうな様子で、ゲームを観戦しはじめた。

いつのまにかいなくなっていた結城も、また知らぬまに戻ってきている。

部屋に帰ったオーナーの黒沢と、キッチンで後片付けをしている数人の従業員を除いて、このホテルにいる全員が、ラウンジに集合していた。

その時だった。

激しい衝撃音が、すぐ近くで響いた。

ズシーン……。

古い木造の建物そのものが、身震いするように揺れ、窓ガラスが、震動でビリビリと鳴った。

「地震か？」

「いえ、音がしたわ」

「劇場のほうからだぞ」

みんな、口々に言って、ゲームに興ずる手を休めた。

ハジメは、一瞬、近くで交通事故でも起こったのかと思った。かすかに、ガラスが砕けるような音色がまじっていたからだ。

車同士がぶつかって、ボディがひしゃげ、フロントガラスが粉々に砕け散る時の不快な響き。ついこの間、コンビニの前の交差点で耳にした〝あの音〟に、それは酷似していたのだ。

が、すぐに思いなおした。

〈そんなバカな。ここは、孤島だぞ？　車なんか、走ってるもんか。まてよ、じゃ

あ、なんだ、あれは――？〕

地響きのような、窓ガラスを震動させるほどの、重々しい衝撃音。それにまじる、ガラスの砕ける音。

〔ガラス……？　まさか――〕

ハジメは、ソファから弾けるように立ち上がった。

「シャンデリアだ……」

そう言うが早いか、劇場に向かって駆けだしていた。

その後は、パニック状態だった。全員が、ぶつかり合いながら、あとに続いた。カーペットを敷きつめた廊下を抜け、渡り廊下に走り込む。

今度は、イタズラなんかじゃない。その確信が、ハジメにはあった。

この館を訪れてから、何度もわき上がった胸騒ぎが、ハジメの脳裏を駆けめぐった。

『オペラ座館』――繰り返される『オペラ座の怪人』――そして、『P』からのメッセージ……。

頭の中で、すべての条件が数珠《じゅず》のようにつながって、最悪の結論を導き出す。

あの音は、シャンデリアだ。

シャンデリアが落ちた音なのだ。

劇場のドアには、黒沢オーナーがかけた南京錠が、そのままぶらさがっていた。

「くそっ、カギが閉まったままだ！　おい、滝沢、先生のところにいって、カギをもらってこい！」

能条が叫んだ。

滝沢が、返事をせずに走りだす。

黒沢の部屋は、二階の端だ。激しく、階段を駆け上がる音が聞こえて、足音がフェイドアウトしていく。

ハジメはいらだった。滝沢が戻るまでの、ほんの数十秒が、やけに長く感じた。

「——どいてくれ！」

全力疾走で戻ってきた滝沢が、マスターキーの束から、南京錠のキーを選び出して、乱暴にカギ穴に突っ込んだ。

すぐに、黒沢も姿を現す。

キッチンにいた数人の従業員も、騒ぎを聞きつけてやってきた。

全員の前で、劇場のドアが開かれた。

中は、真っ暗だった。手さぐりで、電灯のスイッチが入れられる。

「――！」

それはまさに、悪魔が作り上げた、死のオブジェだった。

直径二メートルの巨大なガラス細工の塊が、正方形の舞台のちょうど真ん中で、無残に砕け散っていた。

リノリウムの床いっぱいに散乱するガラスのかけらが、薄暗い劇場の明かりを受けて、たよりないきらめきを放っている。

無数の、〝死んだ〟ガラスたち。その中心に、能条聖子はいた。

いや、〝あった〟というべきか。

それは、すでに肉塊だった。

重さ数百キロの巨大な落下物に、ぐしゃぐしゃに押しつぶされた、血肉のかたまり。

生死を確かめる必要もなかった。

能条聖子は、殺された。

『オペラ座館』の悪夢は、再び繰り返されたのだ――。

図１　聖子殺害事件直後の劇場の状況

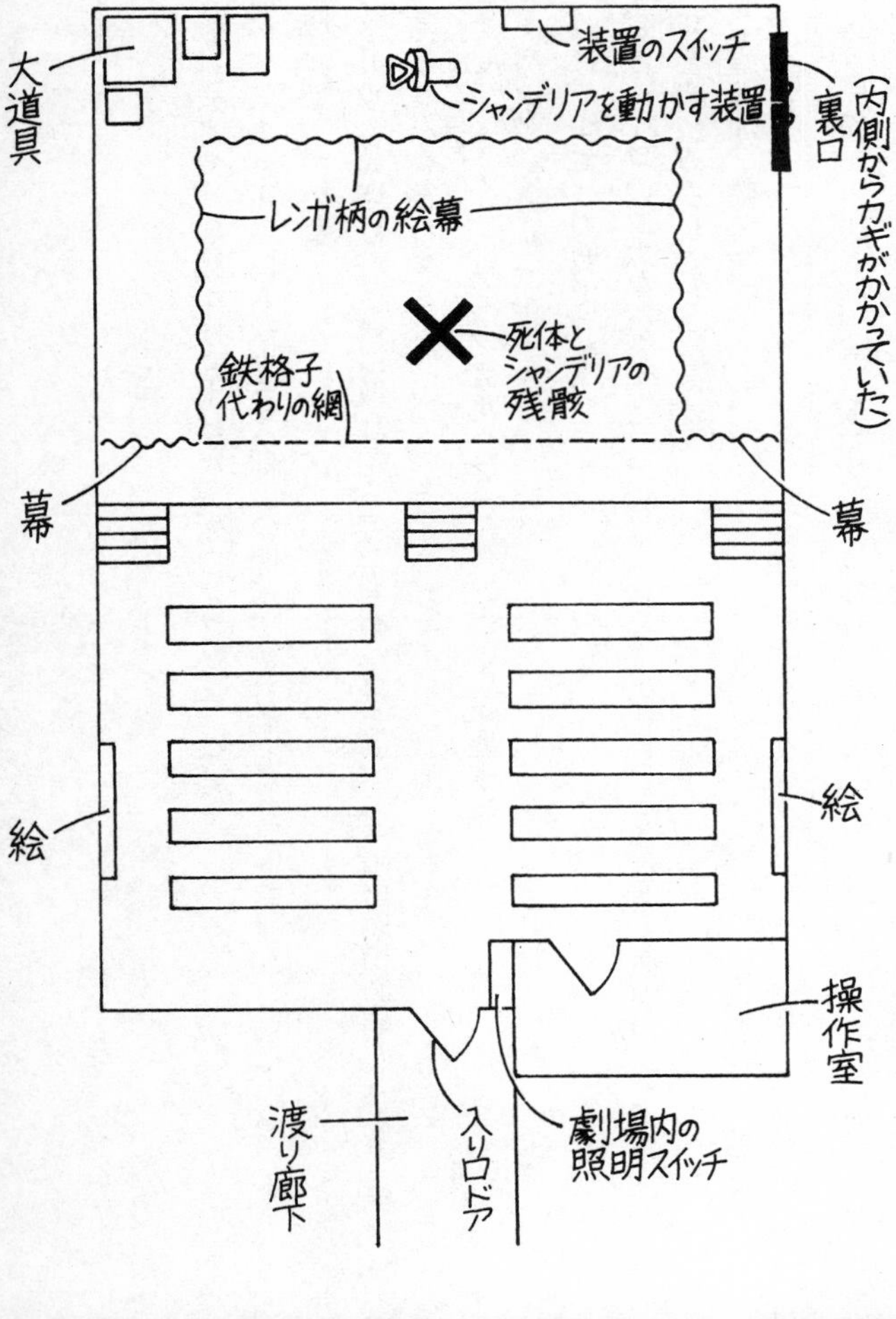

第三幕　密室劇場

1

剣持警部と医者の結城英作を除く全員が、食堂に集まっていた。

能条聖子の遺体は、現場である劇場の舞台の上で、結城による検死を受けている。検死には、剣持が付き添っていた。

食堂は静まり返っていた。時を刻む柱時計の音が、道路工事の槌音《つちおと》のように感じるほどである。

もう一時間近く、誰も口をきこうとしない。みんな、お互いの表情をこっそりうかがってはいるのだが、目が合いそうになると慌ててそらしてしまう。その視線が、殺人者の獲物を探す目かもしれないからだ。

猜疑心《さいぎしん》が生む生臭い殺気が、部屋中に満ちている。ここで誰かが不用意に口を開けば、その殺気が、彼に向けられることになるだろう。そんな思いもあってか、誰もが言いたいことを山ほど抱えながら、ただ黙って視線だけの虚しい攻防を続けていた。

その中で、じっと目を閉じて腕を組み、極めて冷静かつ客観的に、目の前にある事実だけを見つめながら、真相に迫ろうと試みている者が一人だけいた。

金田一一である。

ハジメも、ついさきほどまで剣持や結城と一緒に、現場の検分をおこなっていたが、さしたる成果も得られないまま、美雪の待つこの食堂に戻ってきたのであった。

〔やはり『P』は、『ファントム』だったんだ。歌劇『オペラ座の怪人』に出てくる『ファントム』も、たしかああやって『P』という名前で、劇場の支配人に予告状を送りつけていた。そう、予告状だ、あれは。これから起こる惨劇を知らしめるための、殺人予告状――？　しかし、なんのために？　殺人予告なんか、犯人にとっちゃ、危険を増すだけじゃないか――〕

この一時間、現場を調べている間も含めて、ハジメは、ずっと思考の迷路をさまよっていた。まさに迷路だった。進んでも進んでも、同じ道同じ景色だけが、繰り返し現れるのである。

ハジメにとってこの事件は、最初から、わからないこと、不自然なこと、そして不可能なことの羅列だった。

〈──いったい、犯人はなんのために、『ファントム』を名乗っているんだ。いや、名乗るだけじゃない。奴は、あの歌劇『オペラ座の怪人』のストーリーに見立てて、シャンデリアまで落としてみせたんだぞ。理由もなく、ただ伊達《だて》や酔狂でそんなことをするわけがない。少なくとも、この殺人は、そういう単なる異常者の仕業じゃないはずだ。これは、ありえないことだらけの〝不可能犯罪〟なんだから。そもそも、犯人はどうやってあの劇場から──〉

「誰だよ……」

不意に、誰かのつぶやきが、ハジメの思考を遮った。

「誰がやったんだよ」

能条光三郎だった。彼に、いっせいに注目が集まる。その視線が、能条の神経を逆なでしたのか、つぶやきが叫び声に変わった。

「誰が聖子を殺したかってきいてるんだ、ええっ!?」

能条は椅子をけって立ち上がると、隣に座っている緑川のえり首をつかんで、力いっぱい引き上げた。

「し、知りませんよ、そんな! おれじゃありませんたら!」

能条の剣幕に、真っ青になって緑川は叫んだ。

「やめてよーっ！」

加奈井理央が、金切り声をあげる。それと同時に、連鎖反応を起こしたように全員が不安を口にしはじめた。

美雪が、まとわりつく恐怖を振り払うように、小刻みに首を振りながら、今にも泣きだしそうな声で言った。

「……どうして、こんなことが起こっちゃうの……？　はじめちゃん……ねえ、どうして……？」

「美雪、大丈夫だ。落ちつけ……」

ハジメは、震える美雪の肩をなでながら言った。

「──みなさんも、落ちついて。焦っても、あさってまでこの島からは出られないんです。落ちついてください」

「お、おれは部屋に戻るぞ。こんな所にいられるか！」

能条が、そう言って立ち上がる。慌てて、ハジメが制した。

「ちょっと待ってください、能条さん。もうじき、剣持警部が戻ってきます。それまで──」

「うるさい！　この中の誰かが、人殺しかもしれないんだぞ？　そんなやつらと一緒にいたら、何が起こるかわかったもんじゃないぜ！」

能条は、かまわず戸口に向かう。

「どうしても部屋に戻るというなら、あなたの身の潔白を証明してからにしてください、能条さん」

ハジメは、戸口に立ちはだかって、きっぱりと言った。

「どういう意味だ、それは……？」

能条の眉がつり上がる。

「あなたも含め、ここにいる全員が、次に狙われる可能性があると同時に、犯人かもしれないってことですよ。もしあなたが犯人だったらどうするんです？　今ここを一人で出ていかせたら、証拠隠滅の機会を与えることになりかねない」

「ば、ばかばかしい……おれは、犯人じゃない！　何が証拠隠滅だ、そんなこと……」

「ふん、ここにいる全員、そう言うでしょうよ。でも、誰かが犯人なんだ」

滝沢が口をはさんだ。能条は、彼をにらんで怒鳴りつけた。

「おい、デブ！　てめえはどうなんだよ、てめえは！　ああ!?」

拳を握りしめて、滝沢に近寄る。

「やめてよ、お願い！　能条さん、落ちついて！」

加奈井が、目を真っ赤にして叫んだ。

アルバイトの江口が、運びかけのティーカップをテーブルに乱暴に置いて、

「やめてください！」

と、能条を押さえる。

緑川は、戸口にこそこそとにじり寄り、逃げだす準備をしている。ハジメも、一触即発の気配に、思わず身がまえた。

パンパン、と手拍子が鳴った。

「そこまで、そこまでだ」

黒沢和馬だった。芝居の稽古で、役者のセリフを止める要領である。

能条も加奈井も滝沢も緑川も、反射的に黙ってしまった。

その瞬間、食堂のドアが開いた。

みんな一瞬、電気に触れたように身を縮ませる。

入ってきたのは、検死を終えた結城英作と剣持警部だった。

2

「終わりました」

相変わらずの、抑揚のない合成音のような声で、結城が言った。

「どうだったんですか、妻は？」

能条が尋ねた。妻を失ったというのに、その言葉からは、なぜか悲しみは伝わってこない。いわば、ふてくされたような言い方だった。

「殺人ですな、やはり」

結城がぽつりと言うと、全員の表情に、緊張が走った。

「それぐらいわかってる！　おれがききたいのは、妻が誰に殺されたのかってことだよ！」

能条が、声を荒らげた。

「そんなことは、まだわからん。結城先生には、遺体の状況と死亡推定時刻を鑑定してもらっただけだ」

と、剣持はいらだたしく吐き捨てた。

「結城さん、鑑定の結果を聞かせてください」

ハジメが場を制して促すと、結城は機械的な口調で、鑑定結果の説明を始めた。

「まず死因です。能条聖子さんの遺体には、顔面にうっ血と溢血点《いっけってん》が生じていました。溢血点というのは、首を絞められた際に顔面に生じる斑点のことです。それとのどに、こんなふうに、紐《ひも》のような物が食い込んだ痕がありました」

結城は、自分ののどを絞めるような仕種《しぐさ》をしてみせた。

「え？　首を絞めて殺された、ってことですか？」

オレンジシャツの緑川が、そう言って立ち上がった。すぐに、剣持が手で制して座らせる。

「そうです。死因は、頸部《けいぶ》圧迫による窒息死。聖子さんは、絞殺、つまり首を絞められて殺されたと考えられます」

「どういうことだ、それは。聖子は、シャンデリアに潰されて死んだんじゃなかったのか？」

能条が、うわずった声をあげた。

「ちょっと待ってください、結城さん。じゃあ、聖子さんは、殺されたあとで、上からシャンデリアを落とされた、そういうことですか？」

ハジメが尋ねた。

「そうなりますね」

「なんてこった……。じゃあ、いったい、いつ彼女は殺されたんです？」

「解剖なしには、はっきりとしたことはわかりませんが、死斑や硬直の具合と、体温の残り具合から判断して、おそらく死体が発見された九時の時点で、死後二時間から三時間は経過していたものと考えられますね」

「二時間から、三時間……」

「なるほど、つまりこういうことですな」

剣持が、警察手帳を広げながら、口をはさんだ。

「――犯人は、午後六時から七時までの間に被害者、能条聖子を絞殺し、その後、七時半以降に、劇場の舞台の上に死体を運び、九時ちょうどに、死体の上にシャンデリアを落とした。ざっと、そんなところですか」

「ちょっと待ってくれよ、刑事さん。なんで死体を舞台の上に運んだのが、七時半なんだ？　ちゃんと説明してくれないかな」

滝沢がきいた。彼は、いつのまにかワープロを取り出している。興奮した面持ちで、舌なめずりするように唇をなめながら、キーボードに十本の指を添えていた。

「忘れたのか、あんた。夕食の前、七時半に、例の予告状みたいなもんを読んで、劇場を見にいっただろうが。あの時、舞台の上には何もなかったし、シャンデリアもまだちゃんとついとった」

「そういえばそうだったな。なるほどねえ……。これが警察の捜査ってやつか。すごいぞ、こんな体験、めったにできん」

滝沢は、また舌なめずりをして、ワープロのキーボードを叩きはじめた。

そのあさましい様子に、剣持とハジメは、呆《あき》れ顔で目を合わせた。

「さて、じゃあ、いちおうガイシャの死亡推定時刻である、午後六時から七時までの間の、みなさんの行動を聞かせてください」

「アリバイ調査ですか、警部さん」

と、滝沢。それを横目で見ながら、緑川が、

「僕は関係ないですよ、僕は。聖子さんを殺す理由なんか、何もないですしね。それに、あのシャンデリアが落ちた音が聞こえた時、僕は、みんなと一緒にそこのラウンジにいたんですから」

と言って、食堂とつながっているラウンジを指し示した。

「あら、そんなんだったらあたしだって同じよ。あの時は、あたし、そこでゲームや

ってたんだからさ」

と、加奈井理央が口を尖《とが》らす。

「そういえば、あの大きな音がした時、ここにいるメンバーは、ほとんど全員、この食堂かそこのラウンジにいたような気がするんですよね」

緑川が、そう言ってあたりを見回した。

一瞬、その目線が、食堂の端に立っている黒沢のところで留まった。

「あれ？　先生、いましたっけ？」

と、緑川。

「いや、私は――」

言いかけた黒沢を遮るように、加奈井が口をはさんだ。

「ねえ、警部さん。そもそも、犯人がこの中の誰かとは、限らないんじゃないの？　得体の知れない誰かが、この島に潜んでるのよ。そうに決まってるわ！」

しだいに、声がうわずる。

「――ああ、どういうつもりなの？　あんな芝居じみたやり方で、予告状まで送りつけて……。馬鹿げてるわ、シャンデリアを落とすなんて。『オペラ座の怪人』じゃあるまいし、頭がおかしいのよ、きっと！　どこかから異常者が、この島に紛れ込んで

「……」

「違うぜ、それは」

ハジメが言った。

「――犯人は、くるってなんかいない。異常者でもないよ。とてつもなく頭のいい、知能犯さ。そして、やつは、間違いなくこの中にいる」

「なんですって？　どうしてそんなことがわかるのよ？」

「予告状だよ」

「え？」

「加奈井さん、夕食の時、あなたのとこに届けられてたっていう、例の予告状だけど、あれは、どこにあった？」

「ナプキンの下よ。グラスを取ろうとしたら、出てきたの」

「江口さん、食器をテーブルにセットしてたのは、あなたでしたよね」

「は、はい、そうですけど」

アルバイトの江口が、慌てたように返事をした。

「セットをしはじめてから、誰か不審な人間が、食堂に入り込んだ気配はありましたか」

「いえ、まさか。そんなこと、ありえませんよ。不審人物どころか、おれ以外の従業員も、キッチンから出てきてないんだから」

「ということは、外部の人間には、殺人のほうはともかく、少なくとも、あの予告状を届けることはできなかったってことですね」

「ええ、まあ……」

「つまり、あの予告状の差出人、『P』――ファントムの正体は、テーブルのセットが終わったあとで、ドヤドヤとこの食堂に集まってきたうちの誰かか、さもなくば目に見えない幽霊ってことになる」

「ゆ、幽霊？　幽霊ってまさか、美歌《みか》さんの……」

江口がつぶやいたとたん、四人の劇団員たちは、ほぼ同時に、何かから目をそらすように視線をわずかに下に落とした。

江口の発した『美歌』という名前に、彼らが、なんらかの反応を示したことは明らかだった。

「けっ！　ばかばかしい。何が幽霊だ。そんなもん、いるわけがない」

能条が吐き捨てた。その様子を、黒沢が無表情に観察している。

「おれもそう思いますよ、能条さん」

と、ハジメは言った。

「――幽霊は、殺人予告状なんか出しやしない。しかし、この殺人は、まさに目に見えない幽霊の仕業のように、不可解な謎に満ちているんです」

「不可解な謎？　なんだそれは」

「謎は、いくつもありますが、何よりも奇妙なのは、この犯罪が、完全な『密室』の中で行われたってことですよ」

「密室……!?」

「そう。あのシャンデリアの落ちる音を聞いた時、ここにいる全員が劇場に駆けつけて、ドアに南京錠がかけられているのを、確認している。そして、全員の目の前で、カギが開けられ、中に入ると、舞台の上に死体があった」

「ちょっと待ってください、あの劇場には、裏口があるんです。犯人は、きっとそこから――」

と、黒沢が言った。

「いえ。あの時、すぐに剣持警部と二人で、裏口を確認しにいったんです。そこも、カギがかかったままでした」

「ああ、たしかにな。裏口には、内側からしっかりと、掛け金がかかっていたよ。こんな大きなレバー式の鉄の掛け金がな。間違いない」

そう言って剣持は、大げさに三十センチほども手を広げてみせた。

「――あの劇場には、他に出入り口はありませんし、窓もない。ということは、あの時劇場は、完全な密室状態だったわけです。そして、このホテルにいるメンバーは、全員劇場の外にいた」

もう、誰も口をはさむ者はいなかった。全員が、ハジメの口から淡々と語られる恐ろしい事実に、固唾をのんでいる。

「――つまり、七時半までは、たしかに何ごともなかった劇場の舞台の上に、犯人は死体を運び上げて、しかもその上にシャンデリアを落として逃げた。いや、内側から掛け金をかけられ、頑丈な南京錠でロックされた、この窓もない『密室』から、犯人は幽霊のように消え失せたんです」

3

「おい、待てよ、じゃあ犯人は、一人しかいないってことになるぜ」

能条が、押し殺すような声で言った。

全員の視線が、ハジメから能条に移った。能条は、その視線を受けて流すように、キッチンの入り口近くに立っている人物に目をやり、今度は声を大にして言い放った。

「黒沢先生、あんただろ？」

「――！」

黒沢の表情は、変わらなかった。反論もしなかった。自分に嫌疑がかかることを、ある程度予想していたかのような落ちつきぶりである。

一瞬、ひんやりとした沈黙が広がり、すぐに破られた。

「な、何言ってんのよ、能条さん！　よくそんなひどいこと……」

加奈井理央が、そう言って、椅子を蹴るように立ち上がった。すぐに、剣持が近づいて制す。

「まあまあ、加奈井さん。ともかく言い分を聞いてみよう。――さて、能条さん。あんた、そう言うからには、何か根拠があるんだろうね」

「根拠もくそも、ほかにいないんじゃねえの？　劇場のカギを、自由に開け閉めできた人間は」

「――！」

空気がはりつめた。声にならない叫びが、その場の全員から発せられたようだった。

「たしかに、黒沢オーナーなら……いや、しかし――」

剣持が、ぶつぶつと口ごもっているのを、いらだたしく思ったのか、加奈井が立ち上がって言った。

「そんなの不自然よ。だって、先生が犯人なら、劇場のカギを閉めていったりしないはずよ。そんなことしたら、自分がやりましたって言ってるようなもんじゃない。キーは、先生しか持ってないんだから」

「そう思わせるために、逆にカギをかけていったのかもしれないぜ？　理央」

「そんなのヘリクツよ！」

「でも、たしかに、あの時、先生だけはラウンジにいませんでしたよ」

緑川が口をはさむと、能条は、

「そう、たしか、部屋に帰ってらしたんですよね、先生？」

と、なぶるように黒沢に問いかける。

黒沢は、淡々と答えた。

「ああ。私は、自分の部屋にいたよ」

「となると、アリバイはないってことだ。しかも、黒沢先生、あんたには、聖子を殺す動機があるんじゃないですか？」

「やめて、能条さん！」

加奈井の制止を振り切って、能条は黒沢に近づいた。

「わかってるぜ、おれは。あんたが、偽善者ぶって心の底じゃ、おれや聖子を憎んでるってこと。恨んでるんだろ、あんた。自分の娘が、おれたちのせいで自殺したと思って。え、違いますか、センセイよう？」

「やめろよ！」

ハジメが言った。きっぱりとした、有無を言わさぬ響きだった。気圧《けお》されて、能条も、彼を制止しようとしていた加奈井も剣持も、いっせいに動きを止めてハジメを見た。

「黒沢オーナーも、ここにいる全員同様、完全なアリバイがあるぜ」

「なに？」

と、能条が口を歪める。

ハジメは、続けた。

「よく考えてみろよ。あの時、シャンデリアの音を聞いたおれたちは、ほんの数秒で廊下に飛び出しただろ？　ラウンジを出た廊下のあたりからは、劇場に続く渡り廊下が丸見えだ。そこから出てくる人間がいれば、すぐに気づくはずさ」

「し、しかし、劇場の入り口からこの本館までは、ほんの数メートルしかないんだ。走れば数秒で駆け抜けられるぜ？」

　能条が反論した。

「劇場の入り口からじゃないよ。舞台裏からだ」

　ハジメは、こともなげに言った。

「なに？」

「まだわからないのかい、能条さん。シャンデリアを上げ下げする装置は、舞台裏にあったんだぜ。シャンデリアを落とすには、舞台の裏にまわらなくちゃならないんだよ。つまり犯人が、シャンデリアを落としてから劇場を立ち去ったとしたら、奴は劇場の奥の舞台裏から、出口を通って本館まで、ほんの数秒で駆けてこなきゃならないってことになるんだ。

　おれと剣持のオッサンが調べたところによると、舞台の上のシャンデリアは、太いワイヤーで吊《つ》られていて、そのワイヤーの端は舞台裏の電動の巻き取り機につながっていた。この装置を作動させると、シャンデリアが下りてきて、舞台に落ちるぎりぎりのところで、ブレーキがかかる仕掛けだ。そうですね、オーナー」

「ええ。――あのシャンデリアが落ちる仕掛けは、私の演出する『オペラ座の怪人』の舞台では、必要不可欠なものなんです。

ファントムは、自分が愛する若きオペラ歌手のクリスティーヌに役を与えるために、邪魔な人気歌手のカルロッタを、劇場のシャンデリアを落として殺してしまう。そのシーンが、この歌劇ではハイライトになっているんです。その演出のための仕掛けが、まさか、こんなことになるとは……」

無表情だった黒沢の顔に、初めて苦悩が浮かび上がった。

「犯人は、この装置の、ワイヤーを巻き取るためのリールとモーターをつないでいる歯車を壊し、さらに、故障時にリールが勝手に回転しないように、リールを固定していた安全装置をはずして、シャンデリアを落下させたんです。

何かトリックでもないかぎり、この安全装置をはずした瞬間、シャンデリアは落下してしまう。つまり、黒沢オーナーが犯人だとしたら、シャンデリアを落としてからほんの数秒で、舞台裏から客席の通路を通り、渡り廊下を走り抜けて、自分の部屋に戻らなくちゃならない。そんなことは、不可能だ」

「トリックがあるかもしれないぜ。シャンデリアが落ちるのを遅らせるような、トリックが！」

憮然《ぶぜん》として、能条がくってかかった。

「たしかに、そうかもしれないな」

「ほらみろ」

「だが、もしそういう時限装置のようなトリックがあるなら、オーナーだけじゃなくて、ほかの誰にでも、事前に仕掛けをしておくことで、あの時間にシャンデリアを落とすことができたはずだ。違うかい？　能条さん」

「くっ……」

と、能条はそれきり、不機嫌そうに口をつぐんでしまった。

「――ともかく、今の段階じゃ、犯人が誰かなんてことは、とてもじゃないが、断定できないんだ」

「じゃあ、どうするの、金田一くん。このまま黙って、この中に隠れてる人殺しと一緒に、あさってまで過ごすしかないの、あたしたち？」

加奈井理央が、鼻をすすって言った。

「いや、やることはいくらでもあるさ。まずは、今日一日の全員の行動を、はっきりさせることだよ。聖子さんの死亡推定時刻前後のアリバイを中心に、それぞれの証言を照らし合わせてみれば、何かわかるかもしれない」

「でも、聖子さんが殺されたのって、六時から七時までの間なんでしょう？　その時間は、舞台稽古もなかったし、あたしだって、アリバイなんかないわよ」

加奈井は、ベソをかきながら、そう言った。目のまわりの化粧がとれて、泥遊びをしていた子供のような顔になっている。

ハジメは、その珍妙な顔を見て、なんとなくホッとなって、言った。

「ともかく犯人は、人ひとり殺しているんだからね。そういう人間の証言には、どこか矛盾があるはずなんだ。さあ、オッサン。アリバイ調査を始めてくれよ」

「お、おう。任せてくれ」

と剣持は、持っていたボールペンごと、拳を握りしめた。

4

剣持警部による、綿密な聞き込みが始められた。

ハジメたちが島に着いた午後一時過ぎから、死体発見までの八時間、どこで誰が何をしていたかが、個別に聞き出され、それぞれの証言に矛盾がないかが、一つ一つ確認されていった。

なお、アルバイトの江口六郎を除くホテルの従業員数名は、午後四時以降、キッチンで夕食の準備をしていたことが確認された。つまり、今回の事件の容疑からは、彼らは完全に除外されることになる。剣持警部と行動を共にしていたハジメと美雪も、もちろん容疑からははずされた。

アリバイ調査の対象とされた、残る八名の行動がはっきりしないのは、午後一時半から三時までと、午後四時から七時までの、計四時間半であった。

医者の結城が鑑定した能条聖子の死亡推定時刻は、午後六時から七時までの間だ。この時間は、全員に確実なアリバイがないことになる。

食堂に人が集まりはじめたのは、夜の七時だった。この時点で、アルバイトの大学生、江口六郎が、クルーザーと電話の故障を、黒沢に報告している。

その後、七時半には、死亡推定時刻からみてすでに殺されていた能条聖子を除いて、全員が食堂にそろっていた。『P』からの脅迫状が届いたのは、この時であった。

劇場に集まった十三人の目の前で、黒沢オーナーが劇場の扉にカギをかけたのが、この数分後。そして、七時四十分には、食事が再開されている。

夕食再開のあとは、ハジメ、美雪、剣持、能条、加奈井、江口、間久部の七人は、トイレなどでほんの一、二分席を立った以外は、ずっと一緒だった。

滝沢は、夕食中の午後八時に席を立ったが、食事が終わる直前に戻ってきて、あとはラウンジを出ていない。

八時半に食事が終わると、緑川が、聖子を捜しにいき、ラウンジでゲームが始まったあと、今度は黒沢が、「自室に戻る」と言って出ていった。

医者の結城英作は、いつのまにか姿が見えなくなっていたが、緑川が帰ってきた八時五十分ごろには、ラウンジの隅の安楽椅子で本を読んでいるところを、ハジメが確認している。

そして、午後九時ちょうどに、シャンデリアが落下した。

この時は、黒沢と死んだ聖子を除く全員が、ラウンジと食堂に勢ぞろいしていた。

その直後に滝沢がカギを取りにいった時、黒沢はオーナー室で、クラシックを聞きながらうたた寝していたそうだ。

劇場へ続く渡り廊下は、食堂の出口からすぐ視界に入る。シャンデリアが落ちる音が聞こえて数秒後に、ハジメは廊下に飛び出していたから、そこから出てくる者がいれば、必ず気づくはずだが、その時は、誰も目撃されていない。

したがって、ずっと部屋にいた、という黒沢の証言も、アリバイとして認められることになるだろう。

つまり、全員のアリバイ証言を総括すると、こういうことになる。

被害者、能条聖子の死亡推定時刻前後には、ハジメ、美雪、剣持の三人を除く全員にアリバイはなく、シャンデリアが落とされた時には、今度は全員にアリバイがあった。

それは、とりもなおさず、この殺人が、密室と全員の完璧なアリバイという〝二重の壁〟に守られた、『不可能犯罪』であることを示していた——。

5

聞き込みが終わると、剣持が、ハジメに尋ねた。

「おい、金田一」

「なんだよ、オッサン」

「お前、幽霊とか呪いって、本当にあると思うか？」

「さあ、あるんじゃないかな、たぶん」

「そうか。おれは信じてないほうだったんだが、なんだか今度ばかりは、本当にあるような気がしてきたぜ」

「なに言い出すんだよ、急に」

「考えてもみろ、金田一。取り壊された古い劇場で二人、新しい劇場でまた一人、計三人も、あの劇場がらみで死人が出てるんだぜ。これが呪いでなくて、なんだ？」

「――『オペラ座館』と『オペラ座の怪人』、この二つがそろうと、死人が出る。ま、ある意味じゃ、呪いかもしれねえな」

「お前もそう思うか、やっぱり」

「でもよ、オッサン。この殺人は、幽霊の仕業でもなきゃ、呪いでもないぜ」

「そりゃあ、そうだろう。幽霊が、ワープロ書きの殺人予告状なんか、出すわけがないからな。しかし、この島にいる人間は、全員アリバイがあるうえに、現場は密室ときてる。このままじゃ、幽霊の仕業とでも報告するしか手がない。まあ、上司にそんな報告をした日にゃ、おれの刑事生命も終わりだがな」

「――そうだ、オッサン、それだよ！」

「え？」

「犯人は、なんで現場を密室になんかしたんだ？」

「そ、そりゃ、お前、捜査を混乱させるためじゃないのか？」

「相手はそこらの愉快犯じゃないんだぜ、オッサン。ここまで凝った手口で、怪事件を演出してみせた犯人が、いったいなんのため、密室殺人なんて無意味な演出までする必要があったんだ？

オッサンの言うとおり、警察が幽霊の仕業なんて非現実的な結論に、納得するはずもない。ということは、『アリバイ』はともかく『密室』なんて、自殺にみせかけるとかいう理由でもないかぎり、犯人にとってなんのメリットもない飾りつけにすぎないはずだぜ」

「なるほど、そりゃもっともだ。あの状況では、どう転んでも自殺説は考えられないだろうしな」

「これは、オカルトでもなんでもない、用意周到に計画された、巧妙な不可能犯罪なんだ。だとすれば、すべての出来事に、なんらかの意味があるはずだ。『密室』や、『オペラ座の怪人』のエピソードに見立てた、あのシャンデリアの演出にもね。――そう、おれの考えでは、クルーザーや電話の故障も、おそらくは犯人の計画の一部だよ」

「なんだって！　じゃあ、まさか……」

「ああ。犯人が意図的に、おれたちをこの島に閉じ込めたんだとしたら……。この事件には、まだ、続きがあるのかもしれないぜ」

「また、人が死ぬっていうのか？」

「――わからない。ただ、これで終わりとは、おれにはどうしても思えないんだ」

ハジメは、そう言って、窓の外に目をやった。

雨はいちだんと強く窓を打ち、風が古い建具を軋ませている。時おり、けたたましい雷鳴が、稲光とほとんど同時に鳴り響き、鼓膜を震わす。

数時間前まで、海に囲まれたこの静かなホテルのBGMだった海鳴りは、どんなに耳を澄ましても、もう聞こえない。ただ、風の唸《うな》りとそれに伴う建物の軋み、そして雷鳴だけが、夜の闇に踊りくるっている。

それらは、姿なき『怪人』の忠実なしもべとして、彼の足音を消し、気配までも覆い隠そうとしているかに思えた。

ハジメは、腕時計に目をやった。時刻は、夜の十一時をまわったばかりだった。

「巡回船がくるまで、あと一日半、三十六時間か……」

永く不安な夜のとばりが、どこかに魔物の影を帯びて、黒々と横たわっていた。

6

黒沢和馬は、廊下の窓際に立って、じっと外を眺めていた。二階の廊下のその窓からは、岬にたたずむ彼の娘の墓が望めるのだ。それは夜でも見えるようにと、いつも明るい庭園灯に照らし出されているのである。

しかし、今夜は、どうしても見えなかった。激しい雨に遮られ、それは、闇の向こう側に追いやられているのである。

黒沢は、四年前に思いをはせていた。

あの朝、泣きはらした虚ろな目で帰ってきた娘の美歌を、一人にさせてしまった自分の過ち。娘が失ったものの大きさを、わかってやれなかった愚かさ——。

——あたし、もう、光三郎さんと結婚できないの——

そう言ったきり、自分の部屋に閉じこもってしまった、美歌。

その時は悲しくても、失恋の痛みは必ず時が癒やしてくれる、そう思って、楽観していた自分。

いつまでも食事をとろうとしない娘を心配して、部屋を訪ねると、彼女の姿はそこになかった。

美歌がいないあいだに水をやり忘れて、枯れかけていた窓際の鉢植えには、水をあげた跡があった。泣き伏して乱れていたはずのベッドは、きれいに整えられていた。大事にしていた四角いプラスチックの貯金箱が開けられ、中はからっぽにされていた。

貯金箱の中には、能条との結婚が決まったあと、最後の父娘《おやこ》旅行として、二人だけで行ったイタリアの硬貨が詰まっていたはずだった。美歌は、新婚旅行でもう一度イタリアに行って、その時これを使ってお土産を買ってくるからと、使わなかった硬貨を大事に貯金箱にしまっていたのだ。

そして、能条光三郎からもらった婚約指輪の箱が、からのまま鏡台に置かれていた。

黒沢の背筋に、悪魔に撫《な》でられたような悪寒が走った。心臓が、早鐘のように打ち、膝がガクガクと震えた。

震える足を押さえ込み、必死で駆けた。何度もつまずきながら、劇場に向かって。

なぜ真っ先にそこに向かったのか、今でもわからない。たぶん黒沢が演出家で、美歌が女優だったからだろう。

自分なら、舞台を選ぶ。きっと、美歌も同じだ。そう思ったのだ。

その予感は当たっていた。

美歌は、舞台の上にいた。

愛した舞台を、自らの血で真っ赤に染め上げて。

——美歌！　しっかりしろ——

叫んで抱き起こした黒沢の腕の中で、彼女は、さながらクライマックスを演じる女優のごとく、何かを求めるように目を潤ませ、小さくつぶやいた。

——こうざぶろ……さん——

黒沢の耳には、そう聞こえた。

小さなダイヤの指輪を薬指にはめた美歌の左手から、銀色の硬貨が、ぽろぽろとこぼれ落ち床に転がった。そして同時に、彼女の全身から、すべての力が抜け出た。

花が落ちるように、美歌は死んだ。

裏切った恋人を、たぶん最後まで愛しながら。

美歌の直接の死因は、砒素《ひそ》中毒だった。

カミソリは、服毒で死にきれぬ時のために用意していたのだろう。切り傷は、手首と喉に、合わせて十二ヵ所もつけられていた。毒による苦痛に耐えきれず、早く命を絶とうとして、手当たりしだいかき切ったのだろうというのが、警察の見解だった。

葬式は、『オペラ座館』で行われた。

式に参列し、無表情に頭を下げる能条光三郎の横には、芝居がかった涙で、同じ劇団練習生の死を悼む女がいた。大財閥の当主であり、劇団『幻想』の理事長でもある真上寺秋彦《しんじょうじあきひこ》の娘、真上寺聖子が。寄り添うように、肩をよせあって。

それを見て、黒沢は思った。

そうか。この男は、美歌を捨て、金と地位を選んだのか。

しかし、すぐに思い直した。

違う。そうではない。彼は、この真上寺聖子を、美歌以上に愛してしまったのだ。ただそれだけのことだ。恋愛に、心変わりはつきものだ。彼が、より愛する女性を選んでしまったことは、彼を責める理由にはならない。美歌は、弱かったのだ。だから、その悲しみに耐えられず、勝手に死を選んだ。誰も悪くない。そう、誰も……。

黒沢は、能条を許した。美歌の指にあった指輪を、人目につかぬようにそっと彼に返し、あとは他の劇団員たちに対するのと同じく、軽く頭を下げて言った。

——ありがとう。娘のために、こんなところまで来てくれて——

葬式の後、まだ生前のままの美歌の部屋で、黒沢は彼女の日記を見つけた。

黒沢が、演出家を辞めて小さなホテルを始めた理由に、美歌は気づいていた。

美歌が十一歳の時、黒沢は、この歌島を手に入れた。その時はまだ、いずれ別荘として使おうという考えだった。

ホテルに改造しようと思ったのは、美歌が十五歳になり、本格的に舞台女優になることを決めた時である。美歌が真に女優として認められるためには、大演出家といわれる自分の存在が、必ず障害になってくると、黒沢は考えたのだ。

どんなに活躍しても、親の七光りと言われることに悩み、やがて潰れていった幾多の才能を、黒沢は何度も目《ま》の当たりにしてきた。そうなる前に、自分は身を引こう。十年前に妻を失った黒沢にとって、たった一人の肉親であり、自分の人生よりも大切な宝物である娘のために。いつか、大女優となった美歌が、この小さなホテルで、自分のために舞台を開いてくれることを夢見て。

そんな黒沢の思いを、美歌は知っていた。父の期待に応えるために、懸命に稽古に打ち込み、とうとう大役を手にした。もちろん、黒沢の力を借りずに。

役名は、クリスティーヌ。『オペラ座の怪人』のヒロインであった。

舞台は初日から大成功をおさめ、すべては順風満帆に見えた。しかし、第二回公演を前に、『クリスティーヌ』は姿を消してしまったのだ。

代役に理事長の娘、真上寺聖子がたてられ、公演が再開されたころ、黒沢のもとに、美歌は帰ってきた。別人のような、憔悴《しょうすい》しきった姿で——。

美歌が残した日記の最後は、美歌が自殺した日の日付で、こう終わっていた。

大好きなパパ。私のために、何もかも捨ててくれた、優しいパパ。すぐでなくてもいいから、いつかきっと、舞台に戻ってください。そしてまた、素晴らしい演出で、たくさんの人を感動させてください。

さようなら。

涙が流れた。とめどなく。

日記を閉じて、鏡台の上に置いた。美歌の鏡台には、使いかけの口紅も眉墨も、そのまま置かれていた。美歌が、手首や喉を切り刻んだものと同じ型のカミソリも——。

黒沢はカミソリを手に取った。眉を整えるために使っていたらしい、刃がむきだしの旧式カミソリだった。

ふと、それを持つ手に、美歌の血の温《ぬく》もりが伝わったような気がした。息絶えようとしている娘を抱き起こした我が手を、しっとりと濡《ぬ》らしたあの鮮血の温かさが。

気がつくと、カミソリの刃を手首に当てがう自分が、鏡の中にいた。

――引け、そのまま切り裂け――

頭の中で、何かが囁いた。全身の力が、カミソリを持つ右手に込められていた。切り裂こうとする力と、それに抗う力。その両方が一本の腕の中でせめぎあっていた。

やがて、抗う力がわずかに勝ったように思えた。黒沢は、カミソリの刃を手首から引きはがし、自分の左頬に当てがった。そして、まだ立ち去ろうとしない『死を望む力』を、凶器を持つ右手に注いだ。

頬に、赤い筋が生まれ、血が流れ出た。

痛みは、なかった。少なくとも、感じなかった。

涙は、まだあふれ続けていた。とめどない涙と血で、顔がぐしゃぐしゃに汚されていった。

やがて黒沢は、カミソリを落として、床の上にへたり込んだ。そのまま、声をあげて泣いた。子供のように泣き続けた。いつまでも、いつまでも——。

四年前の夏の出来事だった。

7

「何を見てるんですか、オーナー」

ハジメは、窓際に立つ黒沢の後ろから、遠慮がちに声をかけた。

黒沢は、振り返って言った。

「……いえ、何も。真っ暗で何も見えませんから」

笑顔だった。しかし、その笑顔はいつになく曇っている。

「……少し、うかがいたいことがあるんですが、かまいませんか」

ハジメは、尋ねた。

「ええ、もちろんですとも。なんですか、いったい。事件に関わりあることですか」

と、黒沢。努《つと》めて声を弾ませているのが、ハジメにもわかった。

「はい。おそらくは」

ハジメは答えた。

「──おそらく、関係があるはずです。おれの考えでは」

「なんです、それは」

「黒沢オーナー、あなたの亡くなったお嬢さんのことです」

「美歌の……？」

「剣持警部から聞いたんですが、美歌さんはたしか、以前の取り壊された劇場の舞台の上で、自殺されたんでしたよね」

「……はい。四年前に」

「原因は、失恋と聞いていますが」

「はい……」

ハジメは、辛かった。ハジメから質問が発せられるたびに、黒沢の表情に、隠しきれない苦悩がにじみ出てくるのがわかる。

しかし、続けなくてはならない。

ハジメは、苦痛を訴えるような黒沢の目を見据《みす》え、思いきって尋ねた。

「教えてください、オーナー。美歌さんが、失恋した相手というのは、誰ですか」

「………」

「能条光三郎さん、ですね？」

「……はい」

「やっぱりそうでしたか……」

「……彼と娘の美歌は、結婚を約束した仲でした」

「結婚を？」

「はい。美歌は、純真な子でした。これは親のひいき目だけではけっしてありません。そして、美歌にとって、能条君は初恋の相手だったんです」

黒沢は、せきを切ったように、語りはじめた。

「──能条君には、演劇の才能があった。まだ粗削りだが、いつかきっと大俳優になる。それだけの才能が、たしかに彼にはあったのです。そして、彼は、美歌を心から愛しているように、私には見えた。きっと彼なら、娘を幸せにしてくれると、思っていた。しかし、そうではなかったのです」

黒沢の声が、しだいに大きくなっていく。言葉に怒気が込められ、顔が紅潮していくのがわかる。

それはおそらく、この四年間、一度として口にしたことのない、抑え続けてきた感情の吐露だった。

「──結婚式をひと月後に控えた夏のある日、美歌は、舞台をすっぽかして姿を消しました。そして帰ってきた時の彼女は、もう以前の、あふれる愛情に包まれた、明るい十七歳の少女ではなかった。すべての夢や希望を失った、老女のような目で、彼女は私に言ったのです。『彼と結婚できなくなった』――と。

そう、あの男は裏切ったのです。私の娘を捨てたのです。そして、真上寺聖子を選んだ。あの、金持ちのわがまま娘をね。金と地位のためにですよ。そうとも、決まってる。私の美歌より、あんな成り金の小娘がいいなんて。金のために決まってるんだ。あの男の欲と野望のために、美歌は、美歌は……！」

「やっと正体を現しましたね、センセイ」

芝居がかった、よく通る声が、薄暗い廊下に響いた。

能条光三郎だった。

8

廊下の壁に背をあずけ、能条光三郎が立っていた。能条はゆっくりとハジメたちに近づくと、整った口元を醜く歪めて、吐き捨てるように言った。

「――やっぱりそれが、あんたの本音か。少しも恨んでる様子を見せずに、おれや聖子を相変わらず教え子扱いして、こんなとこまで呼んでよ。けっ、偽善者が。じつは、憎かったんだろ。え？　憎くないわけねえと思ってたんだ。あんたの娘を、自殺に追い込んだのは、このおれだもんな。ははは」

黒沢は、無言だった。しかし、閉ざした唇の奥で、折れんばかりに歯を食いしばっているのが、ハジメにはわかった。

「やめろ、あんた」

たまりかねて、ハジメが、喧嘩《けんか》腰《ごし》で能条に向かって身を乗りだした。

「いいんだ、金田一さん」

と、黒沢が制した。

「オーナー、でも――」

「いいんです。彼の言うとおりですから」

「ふん。認めたな」

「能条くん。私は、たしかに君が憎かった。美歌が自殺したのは、君のせいだと、思わずにいられなかった」

「フン……、それが聞きたかったんだよ。あんたの本音がな。だから、おれも知らん顔で、あんたのくだらねえ余興につきあって、こんなとこまで来たのさ」

「そうか……。しかし、これだけは信じてほしい」

「なんだと？」

「私が、そんな自分を、君を憎むよりももっと憎んでいたってことだよ」

「？　どういう意味だ、そりゃ」

「人間なら誰にだって、心変わりというものはある。自分も人間であるかぎり、それを責めることはできない。私も、演出家として人の心を描いてきた人間だ。それはよくわかっているつもりだった。それなのに、私は君を憎んでしまった。私は、そんな自分が許せなかったのだ。この矛盾を乗り越えるために、こうして、君や聖子くんと一緒に……」

「違うね」

能条は、冷酷な笑みを浮かべ、拒絶するように、黒沢からプイと目を背けて言った。

「あんたは、やっぱり偽善者だよ。黒沢センセイ」

「能条くん……」

「そこの坊や――なんて名前だっけ？」

「……金田一。金田一一だよ」

「キミにも教えてやるよ。この、善人面したジジイの本音ってやつをな」

「…………」

「いいか、こいつは、おれが本当はどんな男か知りたかったのさ」

「どういう意味だ」

と、ハジメ。

「ははは、おいおい、まだわかんないのか、坊や。名探偵のお孫さんじゃなかったのかよ。そんなんじゃ、おじいちゃんの跡は継げないぜ。いいか、その男はな、おれが金のために、自分の娘を捨てて聖子に乗り替えたんだっていう、確信が欲しかったんだよ。それがわかりゃあ、おれが美歌に、たいして惚《ほ》れてなかったってこともわかる。つまり――」

能条の顔から、笑いが消えた。

「――つまり、おれを殺す理由ができるってわけさ」

稲妻が光った。薄暗い廊下が、一瞬昼間のように眩《まばゆ》い光をはらみ、そして再び暗転した。

それとほぼ同時に轟いた、生木を裂くような雷鳴を合図に、能条は黒沢を指し示して言った。

「あんたが殺《や》ったんだろ、聖子を。可愛い娘の彼氏を横取りした女を始末したあとは、娘を捨てて他の女に走った男に復讐《ふくしゅう》する気なんじゃねえのか。次はおれを殺そうって魂胆なんだ、あんたは。え？　違うか、ファントム先生！」

「やめろ！」

胸ぐらをつかもうとしたハジメを、身をひねって軽くかわし、能条は続けた。

「あんたの正体は、よーくわかったからよ。次は、おれの番だな。教えてやるよ、センセイ。あんたが知りたがってた、おれの正体ってやつを」

「…………」

「あんたの想像どおりだよ。おれは、聖子の財産とバックが目当てで、あの女に乗り替えたのさ。ついでに言うなら、あんたの娘のことも、なんとも思っちゃいなかったよ。まあ、顔と体は悪くなかったが、それだけのことさ。おれはどっちかっていやあ、センセイ、あんたのコネが目当てだったんだよ。大演出家って言われてるあんたの娘と一緒になりゃ、いつかでっかいチャンスが巡ってくるんじゃねえかってな」

「……能条、きさま……」

黒沢が、唇を震わせた。拳を握りしめて、能条に近づく。しかし、能条はひるむ様子もない。

「──ところがあんたときたら、何を血迷ったのか、美歌の主役デビューが決まったとたん、引退してホテルのオーナーになるとか言い出しやがった。最初は冗談かと思って、予定どおり美歌と結婚の約束をしてやったら、あんた、本当にこんなちっぽけな島にひっこんで、隠居生活を始めやがってよ。……ったく、ぎりぎりんとこで聖子に乗り替えられたからよかったものの──」

「やめろ！」

能条の言葉を遮って、黒沢の鉄拳が飛んだ。能条は、柔らかい身のこなしで、黒沢のパンチをいなし、逆に足を引っかけて黒沢を突き倒した。

「──！」

「オーナー！」

黒沢は、よろけて窓枠の角に顔を打ちつけ、ずるずると腰から床に身を落とした。

ハジメが、黒沢に駆け寄って助け起こす。打った拍子に割れたのか、頬の古傷と同じあたりから、血が流れている。

「大丈夫ですか！　血が……」

「大丈夫だ、私は、大丈夫……」

「ケッ……。言っとくが、おれはそう簡単に殺られないぜ？」

黒沢とハジメを見下ろしながら、能条は言った。

「アリバイがあろうがなかろうが、おれは犯人はあんただと思ってるからな。なんせ、聖子を殺す動機がいちばんあるのは、あんたなんだからよ」

「そうかな――？」

ハジメが、射抜くように能条を見据えて言った。

「なんだと？」

「あんたはどうなんだ、能条サン。聖子さんが死んで、いちばん得するのは、あんたなんじゃないのか？」

「小僧、どういう意味だ？」

「聖子さんの父親は、あんたらの劇団の理事長だそうじゃないか。おまけに、大変な資産家で、財閥の当主ときてる。もともと、聖子さんと財産目当てで結婚したあんただ、彼女を殺して、その財産を自分のものにしようとしたんじゃないのか？」

「ははは、馬鹿じゃねえのか、お前」

「何？」

「あの女を殺しても、おれは一銭の得にもなりゃしねえんだよ。残念ながらな」

「どういうことだ」

「聖子のやつ、おれが自分のことをなんとも思ってねえって、うすうす勘づいてやがったのさ。だから、あの女、五千万もあった自分名義の銀行口座を、全部解約して親父に返しやがった。おまけに生命保険にも入らねえで、ようするに自分が死んでも、おれに一文の金も残らねえように根回ししてやがったんだよ。ちくしょうが。ま、おかげで変な疑いかけられずにすみそうだし、金のほうは弁護士でも雇って、金持ち親父から多少なりともぶん取ってやるさ。はははは」

高笑いをしながら、能条は立ち去った。

ハジメは、後を追う気にもなれなかった。能条の言葉は、ハジメにとって、いまだかつて経験のない醜悪さに満ちていたのだ。もはや怒りを通り越した軽蔑が、ハジメの体から闘志さえも萎えさせていた。

ハジメは、ただ呆然《ぼうぜん》と、高笑いを飛ばしながら去る能条の後ろ姿を、見送るだけだった。

ふと、ハジメの耳に、ごくり、と唾を飲み込む音が聞こえた。音がしたほうを横目で見やると、ドアの隙間から覗く人影が目に入った。それは、緑川由紀夫だった。部屋の中は真っ暗である。明かりを消して、そっと立ち聞きしていたのだ。

緑川は、ハジメと目が合ったにもかかわらず、覗き見をやめようとしない。相変わらずのオレンジ色のシャツの袖が、薄く開いたドアの奥で、時おり差し込む雷光を受けて、蛍のように光っている。

　ことの成り行きをじっと見つめる緑川の目には、怒りの色は浮かんでいない。ただ無表情に、目玉だけをぐりぐりと動かしながら、立ち去る能条と、床に腰をおとしたままの黒沢を見比べていた。

「金田一さん」

　黒沢が、血のにじむ左頬を押さえて立ち上がった。

「――彼の言うとおり、聖子くんを殺したのは、私かもしれませんね」

「な、何を言ってるんです、オーナー！」

「今はっきりとわかったのです。私は、あの男が憎い。いや、ずっと憎かった。殺してやりたいほどに」

「オーナー……」

「そう、殺人者『ファントム』は、やはり私なのかもしれない。私の中で、知らず知らずのうちに育っていた憎しみが、ファントムという怪物を生んだのかもしれない。そして、自分でも知らないうちに、聖子くんを殺していたのかも。

　現に、私のアリバイは、他のみなさんよりあいまいだ。シャンデリアが落ちた時、ラウンジにいなかったのは、私だけですからね。それに、あの密室だった劇場のカギだって、私が持っていたんだから」

「——オーナー、一緒に来てください」

立ち上がった黒沢の腕をつかんで、ハジメは歩き出した。

「な、なんです？　金田一さん、急に——」

「劇場に行くんです」

「え？　こんな時間に、なぜ……」

「アリバイ崩しですよ」

「アリバイ？」

「ええ。『シャンデリアが落ちた時、全員が一緒にいた』というアリバイです。そのトリックの仕掛けを、たった今から探しに行くんです」

9

「なあに、はじめちゃん。こんな時間に」

部屋着姿のまま、無理やり引っ張り出された美雪が、ぼやいた。

「おい、金田一。舞台の上なら、もうさんざん調べつくしたじゃないか。今さら何も――」と、剣持。おっくうそうに、ポケットから出したカギ束から、劇場の南京錠のカギを選んでいる。

「舞台の上じゃないさ。おれが調べたいのは、舞台裏だよ」

「舞台裏、ですか？」

黒沢が、応急手当てをすました頬の傷を、絆創膏《ばんそうこう》の上からさすりながら、きいた。

「ええ。――オーナー、あのシャンデリアを吊っていたワイヤーは、舞台裏の装置につながっているはずですよね？」

「は、はあ……」

「だったら、犯人――『ファントム』の仕掛けたトリックの種も、舞台裏にあるはずなんです」

「開いたぞ、金田一！」

剣持が、重いムク材の扉を押し開けながら、言った。

能条聖子の死体は、事件のあと、ホテルの従業員たちによって、運び出されている。しかし、現場保存の原則から、舞台上の砕け散ったシャンデリアは、そのまま放置されていた。

惨劇のなごりを刻みつけた舞台の上を通り抜け、四人は舞台裏に足を踏み入れた。

小さい裸電球だけの、その暗く狭い空間は、剝き出しの機材や山積みの小道具、衣装でひしめいている。その中心あたりに、大きなモーターと、滑車のような巻き取りリールが設置されていた。

リールに巻きついていたはずのワイヤーは、すっかりほどけて天井からぶらさがっている。そのワイヤーの先は、天井の滑車をくぐって、舞台の上の砕けたシャンデリアにつながっているはずである。

「オーナー。この装置は、どうやって動かすんですか？」

ハジメが尋ねると、黒沢は、

「はい、シャンデリアの上げ下げは、入り口の脇の操作室か、そこの配電盤でできるようになっています」

と、壁に並んだスイッチを指した。

ハジメは、スイッチと装置を見比べると、装置のほうに近づいて、無造作にいじりはじめた。あわてて、剣持警部がたしなめる。

「お、おい、金田一。あんまり勝手に触るなよ。まだ、指紋の採取もしてないんだぞ」

「意味ないよ、指紋なんか取ったって。この犯人は、現場に指紋を残すような間抜けじゃないさ」

「し、しかしだな……」

「ま、いいからいいから」

ハジメは、意に介さずに触りまくっている。

ひとしきり調べあげると、

「なるほどね」

と呟《つぶや》いて、立ち上がった。

「——犯人は、この装置のモーター部分と巻き取りリールをつなぐ歯車を壊し、さらにリールの回転を止めていた安全装置をぶっ壊して、シャンデリアを落下させた。しかし、このリールはそう大きくない。安全装置を壊しても、かわりにたとえば金属の棒みたいな物でもリールに挟んでおけば、回転を止めておけそうだな」

「でもはじめちゃん、そんなことしたって、結局ここにいないと、その棒も抜けないわけでしょう？　時限装置みたいな仕掛けでもあれば別でしょうけど、そんなもの見当たらないし……」

「うーん……」

ふと、ハジメの鼻を、嗅ぎ慣れた匂いがくすぐった。

「ん？　この匂い、どこかで……」

「どうしたの、はじめちゃん」

「いや、何か匂わないか？」

「やだ、あたし知らないわよ」

「バカ、そんなんじゃねえって。もっとなんていうか、懐かしいような匂いだよ
……」

「そういえば匂うな」

剣持も、鼻をクンクンと鳴らしはじめた。

「――うん、これはたしか、蚊とり線香の匂いだぞ。間違いない」

「あ、そうか。うちは最近ベープマットだから、すっかり忘れて……」

ハジメは、不意に言葉を途切らせた。同時に、ハジメの頭脳は目まぐるしい回転を始め、またたくまに一つの結論をはじき出す。

「そうか！　わかったぞ、時限装置の正体が！」

「なに、ほんとか金田一!?」

と、剣持。ハジメは、答えようともせず、蛙《かえる》のように床に這いつくばった。

「お、おい、なんだ急に。どうかしちまったのか、金田一……？」

啞然とする剣持と美雪を尻目に、ハジメは床を這いまわる。

「……はじめちゃん、大丈夫？」

「あった！　これだ！」

「な、なに？　なによ」

ハジメは、半透明の糸のようなものを、美雪の鼻先にかざした。

「これさ」

「……糸？」

「そう、釣り糸だよ。ナイロンのね。これが、犯人の仕組んだ時限装置なんだ」

「そんなものが？　おい、金田一、説明してくれ、いったいどうやって……」

「簡単なことさ。犯人は、鉄の棒のかわりに、このナイロン糸で巻き取りリールの回転を止めておいたんだよ」

「そんな細い糸で？　それは無理よ。いくらナイロンの糸が丈夫だっていっても、シャンデリアは何百キロもあるのよ」

「ところが、美雪、これがそうでもないんだな。たしかに一回巻きつけただけじゃ、あのバカでかいシャンデリアを支えることはできそうもない。しかし、これを何回もぐるぐると巻きつけておけばどうかな。仮にひと巻き十キロとしても、五回巻きつければ、五十キロもの重量を支えられる。リールの回転を止めるだけなら、二、三十回も巻いとけば、十分だと思うぜ」

「なるほど、『矢も三本合わせれば折れず』ってわけか」

剣持は、しかめっ面でうなずいた。

「――でも、それがどうして時限装置なんだ。釣り糸を切らないことにゃ、シャンデリアは落ちないんじゃないのか」

「にぶいオッサンだな。この糸と蚊とり線香を考え合わせれば、答えは出るだろ」

「蚊とり線香……あ、そうか!」

美雪が、すっとんきょうな声をあげて手を打った。

「――蚊とり線香の熱で、ナイロン糸を溶かして切ったのね!」

「ご名答。つまり、こういうわけさ。犯人は、まず、このリールにナイロン糸を巻きつけ、回転しないように固定してから、装置を壊した。そして、ナイロン糸に接触するように蚊とり線香を仕掛け、火をつけたんだ。

あとは時間がきて、線香が糸に触れている部分まで燃えると、糸が熱で溶けて切れ、ほどけてリールが回りだす、って仕掛けだ。リールが勢いよく回っちまえば、線香の燃えかすもこの糸もはじけ飛んで、ちょっと見には証拠は残らない。しかし、残念ながら、この蚊とり線香独特の匂いまでは、消し去れなかったってわけさ」

10

「うーん、なるほど。わかってみれば、単純な仕掛けだな」

舞台袖に引き上げながら、剣持が言った。

「そう。まるっきりの〝機械的トリック〟だよ。事件のすぐあとには、現場の凄惨さに目を奪われて、この匂いまでは気が回らなかったんだ」

つけ加えるように言ったハジメの顔を覗き込んで、美雪が、

「でも、もう少しここに来るのが遅ければ、匂いも完全に消えてしまって、わからなかったかもしれないわね？」

「それはどうかな。どっちみち、よく調べればわかったと思うぜ。この糸が現場に残ってる限りね」

「なるほど。犯人は、我々が事件のあと、劇場を封鎖してしまうことまでは気が回ら

なかったんだろうな。そして、この証拠を回収しそこねてしまったわけだ」

剣持は、手帳を取り出しながら言った。

ハジメは、相槌を打たず、黙って腕を組んでいる。

その様子を横目で気にしながらも、剣持は手帳を広げて、鉛筆で書き込みを始めた。

「ま、とにかくこれで、アリバイがなくなる者も出てくるな。少なくとも、シャンデリアが落ちた時のアリバイは、なんの意味もなくなるってわけだ。よし、一歩前進だぞ。あとは、密室の謎が解ければ、この事件もなんとか……ん？　おい、どうした、金田一？」

ハジメは黙って腕を組んだままだった。剣持の言葉も耳に入らずただ宙を見つめている。

「おい、金田一、何悩んでるんだ？」

「おかしいと思わないか、オッサン」

「何がだ？」

「この謎に限って、やけに単純すぎるんじゃないかってことさ」

「そうかな？　おれには、そうも思えんが……」

図2　ナイロン糸と蚊とり線香による「時限装置トリック」の図解

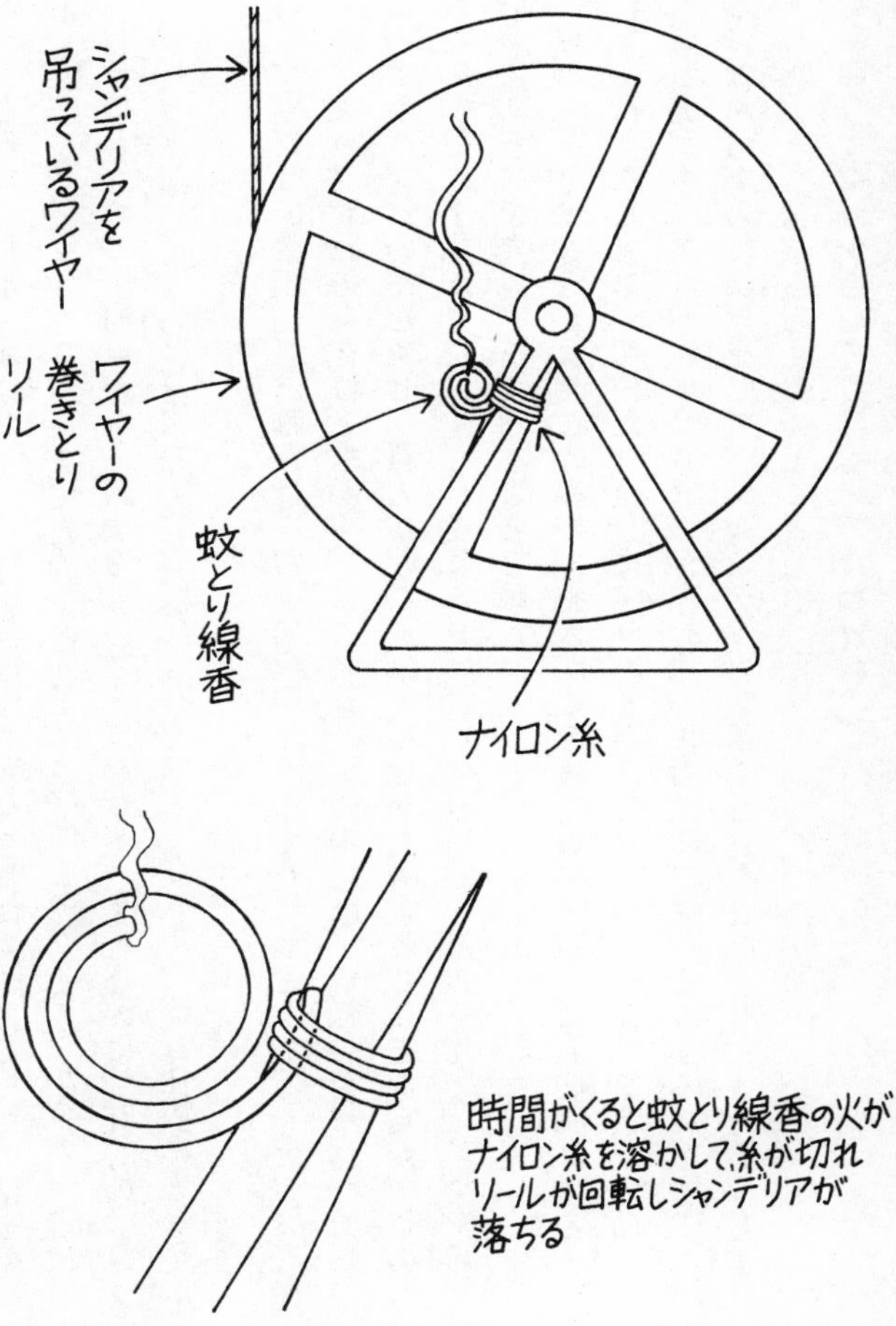

「考えてもみてくれよ、オッサン。この事件は、不可解な謎に満ちてるんだ。密室の謎も、『オペラ座の怪人』に見立てた異常な殺人手段も、あの『P』からの予告状も、おれにとっちゃ、何もかも、わからないことばかりだ。それなのに、肝心のアリバイトリックは、ちょっと足を運んだだけで読めるような、チャチな仕掛けときてる」

「考えすぎだぜ、金田一。それだけ、お前の推理が冴《さ》えてたってことだろうよ」

「いや、違う。おれの存在はともかく、このメンバーの中には、現職の警察官である剣持のオッサンがいたんだぜ。殺人が起これば、現場が封鎖されることなんか、この犯人なら十分に予想できたはずだ。そうなれば、いずれ警察が踏み込んで、熱で溶けた形跡のある糸を発見するだろうこともね」

「……ん、そりゃそうだな。この場合、犯人がこの舞台裏で、犯行に直接関係する主な作業を行ったことは、明白だ。全員にアリバイがあるなんつう不自然な状況では、われわれ警察も、アリバイトリックの存在を第一に考える。ま、ようするに、犯人はここでなんらかの仕掛けをして、シャンデリアの落下を遅らせ、アリバイを確保しようとした、そう警察も考えるってことだ」

「いちおうオッサンも、そうは考えてたわけね？」

「こら、茶化すな。——ともかく、そうなれば、一見して派手な舞台の上の現場より、この舞台裏に、犯人の遺留物が残されている可能性は高い。警察が乗り込んでくればこのあたりは、鑑識課員が、床のゴミまで採取してまわるだろうし、当然そのナイロン糸も発見されるだろうよ」

「ちょっとまって。じゃあ、このトリックが見破られることは、犯人も——」

美雪が、動揺を抑えるように、左手を胸に当てながら言った。

「ああ。計算に入れてたんじゃないかな」

と言って、ハジメは、証拠の糸を剣持に渡した。

「そんな……。じゃあ、はじめちゃん。まるっきり、一からやり直しってこと？」

「いや、それでも一歩前進であることには変わりないさ。少なくとも、アリバイのなくなる人間が四人は出てくる」

「四人？」

「ああ——。おれたちが最初に劇場を見に行った午後七時半から、シャンデリアが落下した午後九時までの間に、アリバイが完全でない人物だよ。この一時間半の間に、誰かが舞台の上に死体を運び上げたことだけは間違いないんだからね。

それが可能だった人間は、四人しかいない。つまり、食事中に席を立っている滝沢、食事後に聖子さんを探しに行った緑川、ラウンジでゲームが始まったあと、いつのまにかいなくなっていた医者の結城先生、そして――」

「私ですね」

黒沢が言った。ことさら動揺しているという様子ではない。いろいろなことがありすぎて、これぐらいのことでは驚かなくなっているかのようだった。

「はい。残念ながら。オーナーも今の段階では、アリバイのない有力な容疑者ということになります。いや、それどころかまだ誰も、この四人以外の今のところアリバイが成立している人たちも含めて、誰一人、完全に容疑からはずすことはできないんだ。なぜなら――」

ハジメは、シャンデリアの砕け散る舞台に目をやった。

「なぜなら、犯人は時間の壁も密室の扉も、自由自在にすり抜ける神出鬼没の怪人、『ファントム』なんだから――」

第四幕　さまよえるファントム

1

滝沢厚は、部屋でワープロを打っていた。ダークオーク調の、アンティークのような凝った造りのデスクにしがみつくようにして、一心不乱にキーボードを叩いている。

剣持警部の尋問が終わると、滝沢はすぐに自室に戻った。シナリオの続きを書くためだった。

最近は、三十分も同じストーリーを書き続けると、すぐに行き詰まりを感じて、また一から書き直してばかりいた。それが今夜は、かれこれ一時間以上も、一つのストーリーを書き続けているのだ。

彼は、興奮状態だった。素晴らしい閃《ひらめ》きが、次々に湧いてくる気がした。初めて惨殺死体というものを見た、その劇的な体験が、自分の才能を開花させてくれた、そう思っていたのだ。

「いいぞ、いいぞいいぞ。いいぞ、いいぞいいぞ……」

薄い唇が、震えるように小刻みに動いている。時々、舌で唇を湿らせ、口元をひきつらせて自分の口の臭いを嗅いでは、ぞくぞくと身を震わす。

彼は、ナルシストだった。自分の顔も、体も、声も、性格も、才能も、そして臭いさえも気に入っている。不満はどこにもない。すこし残酷で好色で、サディスティックなところなども、きっと女にとってはたまらない魅力だろう、そう思い込んでいた。

彼の部屋には、自分を撮影したビデオが何百本もある。自分の舞台はもちろん、普段の生活から旅行先での自分、自分を愛した女たちとの淫らな行為にいたるまで、すべてビデオに収め、凝ったタイトルまでつけてコレクションしているのだ。

もちろん、それらの「作品」の主人公は、すべて自分である。

彼にとって、自分の行動は、何もかもがパフォーマンスだった。コーヒーカップを持つ仕種、煙草をくわえる様子、ほどけた靴の紐を結び直す動き、自分を見ている女に送り返す誘うような視線、それらはすべて演技であり主張であり、芸術――アートだと、彼は考えていたのであった。

そんな滝沢の極端なナルシシズムは、演劇という集団芸術においては、いささか扱いづらく思われがちだった。たしかな演技力があるにもかかわらず、彼に主役やそれに近い役どころが回ってこなかったのも、そのせいだろう。

彼の演技は、よくも悪くも目立ちすぎるのだ。そのため、どうしても色モノ的な役どころばかりを演ずるはめになってしまう。彼が脚本を書きはじめたのは、そういったジレンマから逃れ、自分のナルシシズムが満足できる、新しい分野を求めたからだった。

そんな滝沢の孤独なパフォーマンスにも、かつては観客がいた。能条光三郎だった。他の劇団員たちが内心あざ笑う、この自分の性癖を、能条だけは理解してくれていると、滝沢は長い間思い込んでいたのだ。

劇団の練習生だったころの能条は、滝沢の目には、ただの偽善的な好青年にしか映らなかった。黒沢の娘と能条の関係が、子供じみた恋愛ごっこに見えたからである。

しかし四年前、能条が、誰の目からも実利のある真上寺聖子との結婚を選んだ時、滝沢はこの冷酷で打算的な美しい男に、自分と同じ匂いを嗅ぎとった。

能条の好青年ぶりもまた、計算されたパフォーマンスだったと知った時、滝沢ははじめて能条に興味を持ったのである。ちょうどそのころ、能条も滝沢に近づいてきた。そしてこの二人の、三年以上にもわたる、親密なつきあいが始まったのだ。

能条は滝沢に、自分の本性をこともなげに語った。黒沢美歌を役者としての成功の糸口として利用しようとしていたこと、その用を果たさなくなった彼女を捨てて、財産と地位目当てに真上寺聖子に乗り替えたことなど、滝沢はすべて、能条本人の口から聞いていた。

滝沢もまた、能条に、人に言えない後ろ暗い秘密や、性癖などを、自慢げに話していた。四年前に犯した、〝ある犯罪〟のことも。すべて包み隠さず、お互いの秘密を話すことが、自分たちにとって信頼のあかしであると、滝沢は思っていた。

滝沢は、能条の頼みごとは、たいがい引き受けた。能条の女癖の悪さが、劇団内で噂《うわさ》になった時も、彼のために弁護を惜しまなかった。

しかし、能条は、その滝沢の信頼を、いとも簡単に裏切ってのけたのだ。

滝沢は、自分の書いた台本が、劇団の事実上のオーナーである、聖子の父親、真上寺秋彦の目に留まるようにと、能条を通して何度も頼みこんでいた。ところが、能条に渡した台本は、一つとして秋彦氏のもとに届いていなかった。すべて、能条が握りつぶしていたのである。

そのことを知って、初めて滝沢は気づいた。能条にとって、自分は都合のいい手下に過ぎなかったのだ、と。能条は、自分のために何かしてくれる気など、毛頭なかったのだ。そう思った時、滝沢の胸に、能条に対する復讐の炎が燃えあがった。

滝沢は、能条に迫った。

——あんたの正体を聖子にばらしてやる——

が、そんな滝沢を、能条はあざ笑った。

——ははははは。やってみろ、デブ。お前に話したようなことは、全部聖子は知ってるよ。あいつは、おれにベタ惚れだからな。何を言っても、おれから離れられやしないのさ。おれと一緒になるためなら、なんでもするような女なんだからな。そんなことは、お前もわかってたはずだぜ？——

そう言われて、滝沢は黙るしかなかった。彼は、能条と自分の格の違いを思い知らされた。自分には、能条のような恐れを知らぬ振る舞いはできないと思った。滝沢は、自分の行状を暴露されるかもしれない状況を、たやすく笑いとばせる能条の豪胆さが、急に恐ろしくなったのだ。

そして結局、滝沢は、自分が四年前に犯した悪事をネタに、逆に能条に首根っこをつかまれることになってしまったのである。

それからまもなく、「四年前の犯罪」について、滝沢と秘密を共有していた緑川もまた、能条に、そのことをネタに服従を約束させられていたことを、滝沢は知った。滝沢も緑川も、いつのまにか能条の狡猾《こうかつ》な罠《わな》にはまっていたのである。

カタカタカタ……。

ワープロのキーを叩く乾いた音が、雨音のように淡々と続いている。

携帯ワープロの液晶画面の、青いバックライトに浮かぶ文字が語るのは、血生臭い死と呪いの物語である。何度も唇をなめながら、滝沢はキーボードを叩き続ける。兇気をはらんだ目で。取りつかれたように。

コンコン――。

ふいに、ドアをノックする音が、滝沢の思考を遮った。ワープロを打つ手が止まる。

「誰だ？」

警戒心を込めて、滝沢は言った。

「おれです。緑川です」

怯《おび》えたような、線の細い声が、返事をした。たしかに緑川由紀夫の声である。

「どうした、こんな時間に。なんの用だ？」

「すみません。でも、お知らせしたほうがいいかと思って」

「なんだ、いったい。言ってみろ」

滝沢は、椅子から立ち上がって、ドアごしに尋ねた。

「はい……じつは、聖子さんを殺した犯人の見当がついたんですよ」

「なんだって？　ほんとか、それは」

「たぶん。動機がハッキリしましたから」

「誰だ。言ってみろ」

滝沢は、声をひそめて尋ねた。

緑川も、それにつられるように、ドアの向こうから小声で答えた。

滝沢が、その名前に反応を示さずに黙っていると、緑川は、自分がそう考えた理由を語りはじめた。

やがて、滝沢は、緑川の語りを遮って言った。

「緑川――」

「はい」

「そのお前の考え、誰かに話したか？」

「いえ」

「そうか。――入れ」

と言って、滝沢は部屋のカギを開けた。

2

「あーっ、わかんねえ！」

ハジメは、ベッドの上に寝ころびながら、頭をかきむしって叫んだ。

「――結局、誰の供述にも、矛盾するところはなかったわね」

と、美雪が言った。

「ああ……。完璧だよ」

食堂から自室に帰ったハジメは、美雪と一緒に、この一日の、全員の行動を整理していた。

剣持から預かった全員の供述のメモを参考にして、ハジメが記憶をたどり、容疑者全員の時間ごとの行動を確認し、それを美雪がメモする。いつもの二人のやり方だった。

美雪のメモの内容は、以下のとおりである。

〔七瀬美雪のメモ・容疑者全員の行動〕

午後１：00　金田一たち、島に到着。
　　　　　　滝沢、緑川、オーナー、買い出しから帰る。
　　　　　　金田一たち、劇場へ。
　　　　　　能条夫婦と加奈井理央、稽古中。
午後１：30
　　……容疑者全員の行動、不明。
午後３：00　全員、練習に参加。
午後３：30　金田一たち、稽古を見に行く。
午後４：00　稽古終わり。
　　……容疑者全員の行動、不明。
午後７：00　食堂に、人が集まりだす。
　　　　　　アルバイトの江口、クルーザーの故障に気づく。
　　　　　　電話も、通じない。

午後7：30　聖子を除いて、全員集合。
『P』からの予告状、届く。全員、劇場を見に行く。
オーナー、劇場にカギをかける。
午後7：40　食事再開。
午後8：00　滝沢、食事を終えて出ていく。
午後8：30　滝沢、帰ってきてワープロを打ちはじめる。
食事終わり。
緑川、聖子を捜しにいく。
能条、ゲームをしようといって、加奈井理央と美雪をさそう。金田一と
剣持も加わり、ゲーム開始。
アルバイトの江口、仕事をさぼってゲームに加わる。
オーナー、部屋に戻る。
間久部は、ゲームの様子をスケッチしはじめる。
結城は、いつのまにかいなくなっている。
午後8：50　緑川、帰ってきて、ゲームを観戦しはじめる。
結城も、いつのまにか帰っている。

午後9：00　シャンデリア、落下。
午後9：00　劇場にオーナーと従業員を除く全員がかけつける。
　　　　　すぐに、滝沢が二階のオーナーの部屋にかけのぼり、カギをとってくる。
　　　　　数十秒後オーナーも現れる。カギを開ける。
午後9：03　聖子の死体、発見。
＊なお、午後四時から午後九時すぎまでの間、数人の従業員は、キッチンで夕食のしたく、および片付けをしていた。よって容疑からは、完全に除外される。

3

「ちょっと気分転換すっか。美雪、下の自動販売機でさ、何か飲み物買ってきてくんない？」

ベッドの上で大あくびをしながら、ハジメが言った。

「嫌よ、そんなの。廊下で『ファントム』にばったり会っちゃうかもしれないじゃない。はじめちゃん、行ってきてよ。男でしょ」

と、美雪。しかたなく、ハジメが立ち上がった。

「しょうがねえな、じゃ、行ってくるか」

ドアを開けたとたん、

「キャーッ！」

と悲鳴があがった。ハジメも、それに驚いて、思わず叫ぶ。

「うわあー!?　な、なんだ？」

「び、びっくりさせないでくれる？　金田一くん……」

戸口に立っていたのは、加奈井理央だった。タンクトップにショートパンツという、ラフというよりはしどけない格好で、小首をかしげている。

「か、加奈井さん？　どうしたんですか、こんな時間に……」

ハジメがきくと、加奈井は愛嬌《あいきょう》のある笑顔で、

「なんか、興奮しちゃって眠れなくってさ」

「興奮って？」

「だって、そうでしょ。これって、本物の殺人事件なんですもの。なんか、いても立ってもいられないってカンジでさ」

さきほどまでの、恐怖に怯え、目を泣きはらしていた彼女とは、別人のようにあっ

けらかんとした言い方である。少なくとも、聖子が死んで、悲しいとは思っていないらしい。

「——あたし、お芝居で探偵の役やったことあるんだけど、なんかその時のこと思い出しちゃって。ともかく事件のこと、誰かと話したくってさ」

「はあ……」

と、ハジメは、部屋の中を振り返って、美雪と目を見合わせた。

「ね、ちょっと入っていいかしら」

と、加奈井。目が、色っぽく潤んでいる。

「え、ちょっと、困りますよ」

「いいじゃないの。ほら、飲み物も二つ、買ってきたんだから」

加奈井は、戸口に立つハジメを押し退けて部屋に入ってくるなり、美雪に気づいて、

「あら……」

「どうも——」

どことなく白けたような表情で、美雪が挨拶した。

「なんだ、先客がいたわけ——？　ふーん……。ま、いっか、あたしも交ぜてよ、

だ。

「ね、いいでしょ？」

加奈井は、ずけずけと部屋の奥に踏み入って、勝手にハジメのベッドに座り込んだ。

「はい、金田一くんの分だよ」

加奈井は、抱えるように持っていたウーロン茶を一つ、ハジメに渡して言った。

「——キミって、名探偵の孫なんでしょ。それに、黒沢先生から聞いたんだけど、以前ここで起こったすごい事件を、一人で解決しちゃったんですってね。かっこいい！」

「はは……どうも」

と、ハジメは照れたように頭をかいた。とたんに、美雪の冷たい視線が飛んでくる。

「はじめちゃん、あたしの飲み物、何か買ってきてくれるんじゃなかったの？」

「あ……、そ、そうだったっけ？　ははは、ま、おれのを飲みなよ。な？」

と、ハジメは加奈井から受け取ったウーロン茶を渡した。

当然、美雪は受け取らない。

「いらない、そんなの」

プイと鼻先を上に向けてしまう。

加奈井は、そんなやりとりにもかまわず、ハジメの腕を引っぱって、隣に座らせた。

「あたし、劇団員だし、能条さんたちとは、練習生の頃からのつきあいなの。あの連中の人間関係とか、だいたいつかんでるから、絶対役にたつわよ」

「あ、なるほど、そりゃあ助かる。ぜひ、聞かせてください」

ハジメは、真顔に戻って言った。

4

加奈井理央は、殺された能条聖子を含む劇団『幻想』のメンバーの人間関係を、ハジメたちに語りはじめた。

「まず、能条さんだけど、あの人、たしかにかっこいいし役者としても才能あるし、普段は優しくていい人っぽいんだけどね。でもけっこうエグい噂が多いのよ、じつは」

「なんスか？　その、噂って」

とハジメがきくと、加奈井は意味もなく小声で、

「つまり、裏の顔があるってことよ——」

加奈井が語った能条の裏の顔は、ついさっき目の当たりにした能条の醜い本性を裏づけるものだった。

ことに能条の女癖の悪さは有名で、若い女子団員が劇団を辞めるたびに、能条が手を出したせいだという噂がたつらしい。最近では、臆面もなく妻の聖子の前で、ファンの女の子をつまみ食いした話などをしていたという。

しかし、聖子は能条にベタ惚れで、別れられない。それをいいことに、最近では聖子の目の前で、加奈井にまでちょっかいを出しているようだ。

「とんでもない野郎だな。——で、加奈井さんは、能条の誘いには、そのォー……」

すけべ心丸出しのハジメの背中を、バンバンとなれなれしく叩いて、加奈井はきっぱりと言った。

「バカねえ、あたしがあんな男と寝るわけないじゃない」

「ね、寝る……ですか？」

ハジメは、加奈井のあけっぴろげな言い方に誘われるように、ついタンクトップの胸元に目をやる。ノーブラだ。

すぐさま、美雪の白い目に気づき、ごまかすように言った。

「で、でも加奈井さん、能条がウノやろうって言いだした時、喜んで……」

「ああ、あれは社交辞令ってやつよ。ま、役者としての彼は評価してるけど、舞台を下りればただの悪党だからね。全然好みじゃないわよ。あいつも、あたしにその気がないってわかってるから、なれなれしくしてくるだけで、手は出してこないしね。まったく、そこらの安っぽい女と一緒にしないでほしいわ。あたしの好みの男は、もっと才気に満ちあふれた――そう、たとえば……」

加奈井は、大きな瞳をうっとりと潤ませて、視線を宙に遊ばせた。夢想にふけるような表情である。

「たとえば……？」

と尋ねたハジメに、加奈井は、射抜くような視線を向けた。

「――!?」

たじろいだハジメに気づいて、加奈井はいつもの小悪魔的な笑みを浮かべ、言った。

「たとえば、金田一くん、キミみたいな子とか、ね？」

「え……？」

「ちょっと、加奈井さん！　劇団の人たちのこと話して、はじめちゃんの推理に協力してくれるんじゃなかったんですか⁉　それじゃ、かえって邪魔してるだけです！」

美雪が、キレた。

「べつにいいじゃない。息抜きよ、息抜き。ね、金田一くん？」

「は、はあ……」

「はあ、じゃないでしょ、はじめちゃんも何か言ってよ！」

「へいへい。じゃ、加奈井さん、次は、殺された能条聖子さんのこと、話してもらえますか？」

「聖子さんのこと？　そうねえ、死んだ人の悪口いいたくないけど、ま、とんでもないワガママお嬢さんだったわね、あの人は。ともかく欲しいものは、絶対手に入れないと気がすまないっていうのかしら。そのくせ、手に入れたとたん、飽きちゃうのよ。昔からそうだったわ」

「へえ、そうなんですか？　でも、なんで能条のことは飽きなかったのかなあ？」

「そうね……、きっと、能条さんが、どうしても聖子さんのものにならなかったからじゃないかしら。飽きっぽい女っていうのは、逆にそういうタイプに弱いのよ」

「能条が、聖子さんを殺した可能性は？」

「さあ……。まあ、喧嘩の多い夫婦だったから、動機がないとはいえないだろうけど、少なくとも、聖子さんを殺しても能条さんは何も得しないとは思うわ」

「それは、能条自身も言ってたな」

「そうなの？」

「ええ、ついさっき、ちょっとした争いごとがあったんですよ。その時にね」

「そう……。聖子さん言ってたわ、自分が死んでも、彼がビタ一文得しないように、自分の預金とか、全部父親名義に変更しちゃったんですって。すごい執念よね。そういえば知ってる？　黒沢先生の娘の美歌と、能条さんの話」

「ええ。オーナーから聞きました」

「――結局、聖子さんも、美歌のこと捨てて自分に乗り替えた能条さんのこと、信用してなかったんでしょうね、きっと」

「なるほど。しかし、殺人の動機は、損得勘定だけとは限らないからな。むしろ、金よりは恨みとか憎しみとか、そういった動機のほうが、なんとなくこの事件には、しっくりくるんだよな。となると、夫婦仲がうまくいってなかった能条も、一応〝動機あり〟ってことにはなるか……」

と、ハジメは美雪が作った容疑者リストの能条の動機欄に、○印を書き込んだ。

「――じゃ、加奈井さん。次はあの、いっつもワープロ打ってる、滝沢って男のこと、聞かせてください」

「滝沢のこと？　あたし、あの人のこと大っ嫌いなのよねえ。だからあんまり詳しいこと知らないのよ。たしか青森の出身で、独身で、特定の恋人もいなくて……」

「性格とか、趣味とか、周囲との人間関係とか、そういうのが知りたいんですけど」

と、ハジメ。

「うーん、そうねえ……まあ、ひとことで言うなら、『ナルシストのデブ』ってとこかしら」

「ナ、ナルシストのデブ……ですか？　きついなあ」

「だって、あいつ自分のことビデオに撮りまくって、それをコレクションしてるのよ。気持ち悪いと思わない？」

「ゲーッ、マジですか、それ」

「マジよマジ。デブのくせして、自分のことカッコイイと思い込んでるのよ。バッカみたい」

「――彼が、聖子さんを殺す動機って、考えられますか」

「さあ、どうかしら。能条さんならともかく、聖子さんを殺す動機は、ちょっと見当たらないわねえ」

「能条ならって、どういう意味？」

「最近、能条さんと滝沢、様子が変なのよね。前は気持ち悪いくらい仲よかったのに、二ヵ月くらい前だったかな、大喧嘩《おおげんか》してるとこ、劇団の後輩が見てからあと、なんか険悪な感じなのよ、あの二人」

「二ヵ月前……」

「そう。それ以来、滝沢はもっぱら緑川と行動をともにしてるわ。でも、緑川のほうは、能条さんにも擦り寄ってるみたいだけどね。——ま、滝沢については、あたしが知ってるのは、それくらいかなあ」

「じゃあ、次はその緑川のこと——」

「緑川は、練習生のころから、聖子さんとか滝沢とかの腰巾着だったわ。ここ一年くらいは、能条さんにも使われてたわね。もっとも、あたしも、時々アッシー兼メッシーとして、利用してたけどさ」

「ひえーっ……。同情するなあ、同じ男として」

「でも、あの男は、腹にイチモツ持ってると思うな、あたしは」

「？　どういう意味ですか」

「何か、信用できないのよね、あいつ。最低限のモラルに欠けてるところがあるのよ。自分のためなら、他人がどうなっても関係ないって感じ」

「嫌ってますね、えらく」

「嫌いよ、もちろん」

だったら、なぜ一緒に芝居なんか——と尋ねようとして、ハジメは言葉を飲み込んだ。答えがわかったからだ。

軽い女のふりをしているが、その実、彼女の中には、厳然としたルールがある。そのルールを踏みはずす人間に対しては、彼女はけっして心を許さない。

そして、彼女は、心を許さない相手には、とことん冷静に接するのだ。

必要とあらば、大嫌いな相手であろうとも、そんな素振りは少しも見せずに、気を引くだけ引いて利用する。

しかし、心を許している相手には……。

ハジメは、さきほど加奈井が口にしかけた言葉を、思い出した。

〔あたしの好みは、もっと才気に満ちあふれた、そう、たとえば——〕

あの『たとえば』の続きは、なんだったんだろう。彼女が、心ひかれる男というのは、誰なのだろう。

そんな思いを込めたハジメの視線を気にもとめず、加奈井は続けた。

「でも、緑川は犯人じゃないわね、たぶん。偉そうなこと言うわりに気が小さくて、どっちかっていうと、誰かの弱みを握って、それを盾に何かやるタイプよ。殺人なんて、間違ってもできないわ」

「わかりました。じゃあ、最後に、あと一人だけ――」

「え？　あと一人って――」

「四年前に死んだっていう、黒沢美歌さんのことを、聞かせてください」

「――！」

その名をハジメが口にしたとたん、加奈井の瞳に、暗い翳りが生じた。あたかも、コップの水にインクをたらしたように、それは彼女の透明な瞳を一瞬だけ曇らし、やがて拡散していった。

しかし、インクの混じった水がそうであるように、彼女の瞳にもかすかな濁りが、いつまでも消えずに残っていた。

ほんの数秒間の、なぜか妙に永く感じる沈黙が、三人のいる部屋を満たした。

そして、ゆっくりとした口調で、加奈井は語りはじめた。

「美歌は、天才だったわ――」

無理にそうしているのか、普段の彼女らしくない無感動な言い方だった。

「――親友だったの、あたしと美歌は。あんな、能条みたいな悪党に振られただけで死ぬなんて、信じられなかった。生きてたら、すごい女優になれたのに。あたしと二人で、ダブルキャストでいつか、『オペラ座の怪人』のクリスティーヌを演《や》ろうって、約束してたのよ。あの時、あの子、まだあたしと同じ十七歳だったのよ。なんで……なんで自殺なんか……」

言葉を重ねるごとに、抑えていた感情が噴き出し、語気が激しさを増した。もう四年も前の出来事のはずなのに、あたかも昨日のことのように、彼女はその悲劇を心に刻みつけているようだった。

加奈井の、人をからかうような振る舞いに腹を立てて、すねていた美雪も、彼女の意外な一面を見て少し神妙な顔になっている。

加奈井の語った黒沢美歌は、無垢《むく》で、それでいて華やかな、才気あふれる美貌の少女だった。誰からも愛される、活発で社交的な性格。しかし、それでいて自分にも他人にも、潔癖であることを求める、古風なモラルの持ち主であったという。

「じゃあ、美歌さんの恋愛関係は、能条さんのほかには――？」

「なかったと思うわ。そういう話は、あんまりしたがらない子だったけど。でも、彼女に憧れてた男は、いっぱいいたはずよ。劇団の中にも、たぶん学校にもね。たとえば、ほら、このホテルでバイトしてる大学生――」

「江口さんですか？」

「そう、あの江口六郎って人もきっと、美歌に憧れてたクチね。昔、あたしたちの舞台稽古、よく見にきてたのよ、彼。美歌に聞いたら、高校の同級生だって言ってたっけ」

「ほ、ほんとですか、それ！」

「ええ、間違いないわ。何度も見た顔だから、覚えてる」

「なんてこった……」

思わぬ〝つながり〟だった。

もし、この殺人が、四年前の黒沢美歌の自殺が生み出した怨念によるものだとしたら……。

「それは考えすぎか……」

ハジメは、裏腹な思いを打ち消すように、そうつぶやいた。

5

黒沢和馬の部屋は、二階の、海と反対側の隅にあった。海側の部屋からは、美歌の墓がある岬が一望できる。しかし、それだと一日中、窓から外を見て暮らしてしまいそうなので、あえて山側の部屋を、プライベートルームとして選んだのだ。

安楽椅子にもたれながら、黒沢は、シナリオのページを繰《く》っていた。黄ばんだ紙の、古びた冊子である。表紙の真ん中に、『オペラ座の怪人・第八作』と活字で書かれ、その少し下あたりに、『脚本・演出・黒沢和馬』とあった。

デスクライトが点《つ》けっぱなしの机の上には、もう一つ、白く真新しい冊子があった。『オペラ座の怪人・第九作』と、手書きで記されたその脚本は、新しい劇場で上演されるはずだった、黒沢の四年ぶりの演出作品である。紐で綴《と》じられた質素な作りのその脚本の表紙は、カッターかカミソリのような刃物で、真一文字に切り裂かれていた。

赤く充血した黒沢の目は、膝の上の古い台本の、ある一ページの短いくだりを凝視している。

フィリップ伯爵「なにをする、貴様」
ファントム、無言。
フィリップ伯爵「は、放せ、その手を」
ファントム、無言のまま、小舟を引き倒し、伯爵を湖に――。

コンコン、と、ドアを叩く音がした。黒沢は、脚本から目をそらし、刺すように鋭利な視線を、入り口のドアに送った。

無言でドアに近づき、ドアチェーンもかけずに開けた。

「起きてらっしゃいましたか」

ドアの向こうに立っていたのは、アルバイトの江口六郎だった。

「江口くん……」

黒沢は、迷いもせず江口を招き入れた。

「――入りたまえ」

「すみません、こんな夜中に」

「いや、私はかまわないが……。どうしたんだね、いったい」

「いえ、ちょっとオーナーが心配になったもので……」

江口は、そう言いながらデスクの上の、切り裂かれた脚本に、ちらりと目をやった。

「私が、心配？　ははは、どうしてかね」

と、黒沢は力なく笑った。

「――いえ、すみません。僕の考えすぎでした」

「いや、いいんだ。ありがとう。君の言いたいことは、なんとなくわかるよ」

「………」

「しかし、心配しないでくれ。あの四年前のような見苦しい真似《まね》は、二度としないよ。誓ってもいい」

「はい――」

「しかし、江口くん。君には本当に感謝しているんだよ、私は」

「オーナー……」

「あの時、君が来てくれなかったら、私も美歌を追って命を絶っていたかもしれない」

「そんな……」

「江口くん。君が、美歌を好いてくれていたことは、わかっている」

「…………」

「美歌も、君が好きだった。しかしそれは、友人としてだった。残念だよ。本当に残念だ。美歌は、選び間違えたのだ。愛する相手を。あんな男のために死ぬなんて、美歌は、なんという愚かな過ちを──」

「オーナー。この事件は──能条聖子さんが殺されたのは、美歌さんのこととは関係ありません。あれはきっと、あの連中の内輪もめで──」

「いや、そうではない。私はようやくわかったのだ」

「え……？」

「わかったのだよ。なぜ、私があの新しい劇場で、『オペラ座の怪人』を演ろうとしたか、なぜその配役に、能条たち美歌の同期生を選んだのか、なぜあの劇場に、美歌の絵を飾ることになったのか──。

すべて、偶然ではない。これは、運命が著したシナリオなのだよ。私は、きっと、こうなることを望んでいたのだ。この『オペラ座館』にファントムが現れ、私のかわりに復讐をなし遂げてくれることを。私は、偽善者だ……私は……」

「やめてください、オーナー！」

江口が叫んだ。

「すまん。こんなことを言うつもりではなかった……」

肩をすくませて、黒沢は安楽椅子に腰を落とした。

「もう、やすみたまえ……」

「……はい」

江口は、軽く一礼して踵《きびす》を返した。

「江口くん」

部屋を出ていこうとする江口を、黒沢が呼び止めた。

「――君はこの時間に、一人で私の部屋にきて、怖くないのかね？」

「なぜ怖いのですか」

「私が、犯人――ファントムかもしれない、そう思わなかったのか」

「オーナーは、犯人じゃありませんよ。それに、犯人が殺そうとしているのは、きっとあの劇団のメンバーです」

「そうか……」

「――オーナーはどうなんですか。さっき僕がドアをノックした時、相手を確認しようともせず、ドアチェーンもしないで、無造作に開けましたよね。怖くなかったのですか。もし、あれがファントムだったら――」

「江口くん」

「はい……」

「私は、死ぬことなど怖くないのだよ」

「……オーナー」

「もしファントムが、私の憎悪が生み出した怪物だったとしたら、私は彼に頼みたいくらいだ」

「……」

「目的を果たしたら、最後に、私を殺してくれってね」

江口は、もう言葉を発そうとしなかった。黙ってもう一度軽く頭を下げ、黒沢の部屋を出ていった。

6

ハジメは、加奈井と美雪を部屋まで送り届けると、一人で廊下の窓から、真っ暗な海を眺めていた。

一人で廊下にいるところを剣持に見つかったら、危険だから部屋に戻れ、とドヤされるだろう。しかし、ハジメは実のところ、部屋なら安全だという気にもなれなかった。

密室からまさしく幽霊のように消え失せたファントムの、悪魔の知恵から逃れるには、あの木製の古めかしい扉は、あまりにも頼りなく思えたのである。

夜空には月も星もなく、海は地獄のように暗黒だった。ただ、窓からもれる館の明かりと、岬の突端にぼんやりと浮かぶ鬼火のような光――あの石塚を照らしだす野外照明だけが、そら恐ろしい闇夜の魔力を、わずかながらも和らげている。

雨はほとんどやんでいたが、まだ風はいっこうにおさまる気配がない。雷鳴は遠のいているものの、遠吠《とおぼ》えのように響きわたる風の音は、ファントムの気配を消し去るに十分なボリュームといえた。

ぼんやりと外を眺めるハジメの様子を、廊下の端からうかがっている人影があった。

その人物は、ハジメの部屋に美雪と加奈井がきていた時も、ドアの外に立っていた。そっと、中で行われているやりとりに耳をそばだてながら。

そして、美雪たちを部屋に送り届けて、自室に戻ろうとするハジメのあとを、静かにつけていたのだ。

ハジメが一人なのを確認すると、その影は、引きずるような足取りで、ハジメに近づいた。

影は、スッと右手をあげ、ハジメの肩をつかんだ。

「――！」

ハジメは、喉から心臓が飛びださんばかりに驚いて、振り返った。

「ゆ、結城先生!?」

暗い廊下に、見上げるような長身の、結城英作が立っていた。

「驚かしてすまなかったね、金田一くん」

「お、驚いたなんてもんじゃなかったですよ。寿命が、十年くらい縮みましたよ、マジで……」

ヘナヘナと壁にもたれて、ハジメは言った。

「申し訳ない。君が大声を出すかどうか、試してみたかったものでね」

「カンベンしてくださいよ。そんなこと試して、何が面白いんですか？　だいいち、もしおれが大声出してたら、みんな、何かあったんじゃないかってすっ飛んできますよ」

「だろうね。でも、私は、君が大声を出さないと踏んでいたんだよ」

「へっ？」

「驚くということと悲鳴をあげるということは、別の動機から生ずる反応だというのが、私の考えだ。驚きは、予想しない刺激に対して発生する反応にすぎないが、悲鳴をあげるということは、誰かに助けを求める行為にほかならない。この場合君は、助けを求めないだろうと、私は考えた。

なぜなら、あの時私は、単に君の肩に手を置いただけだからだ。殺人犯人なら、そんな紳士的な行動をとるとは思えない。そのことを、君はあの一瞬で判断し、悲鳴をあげることを無意識のうちに避けたのだよ。いや、じつに素晴らしい。さすが、名探偵の孫だ」

「い、いや、そんなんじゃないっスよ。ただ、あんましびっくりしたんで、声が出なかっただけで……ハハ……」

「それはそうと、さきほどまで君の部屋で話し込んでいた女性二人、君はどちらが好みなのかな？」

「え、なんでそのことを……？」

「君に話があったものでね。部屋を訪ねたのだよ。でも、せっかくの性的交渉のチャンスを奪うような無粋なマネをしたくなかったので、外で様子をうかがっていたのだ」

「な、なんつー悪趣味な……」

「で、どうだったかね？　どちらか二人と、これから——いや、それとも二人とも同時に——」

「ちょ、ちょっとなんの話っスか、それ！　考え過ぎですって……」

「そうかね。もったいないな。心理学的に言えば、殺人事件などという状況は、女性を口説くためには最高の、それこそめったにないチャンスなんだが」

「え？　そうなんですか」

「そうとも。こういう実験がある。不安定な吊り橋と普通のコンクリートの橋の両方で、同じやり方で男性が女性に声をかける実験をおこなったところ、吊り橋のほうが、女性が声をかけてきた男性に好意を持つ割合が高かったそうだ。なぜだかわかるかね？」

「いえ……全然」

「つまり、女性は、恐怖心などからくる興奮状態を、性的興奮と錯覚することがあるんだよ。わかるかね。殺人事件などという状況はまさに——おっと、いかん。こんなことを話しにきたのではなかった。本題に入ろう」

「……はあ。どうぞ、もう好きにして」

結城の超マイペースに、啞然として、ハジメは言った。

「実はね、さきほど見つかった能条聖子の死体なんだが――」

戯《ざ》れ言《ごと》を口にしている時と、まるで変わらない薄笑いを浮かべたまま、唐突に結城は語りはじめた。

「――少し妙なことがあるのだよ」

「妙なこと？」

ハジメの目の色が変わった。

「そう――。能条聖子の死体は、劇場の舞台の真ん中で、正座した状態で上半身を前に伏し、さらに腕を頭の前に突き出すようにそろえる格好で放置されていた。シャンデリアは、その上に落ちてきたのだ。そのことは、さきほど、検死結果として話したね？」

「はあ、そう聞きましたけど」

「ところがだ、あの時彼女の死体は、そのままの形で、上半身まで死後硬直しはじめていたのだよ。後で気づいたんだが、これは少しおかしい」

「え？　どこがおかしいんですか。おれには、さっぱり……」

「いいかね。死後硬直というのは、死亡後に起こる筋肉の硬直で、これが進むと、死体は死んだ時の姿勢のままガチガチに固まったようになってしまう。

能条聖子の遺体の場合、季節が夏でしかも閉ざされた劇場内とあって、死後硬直はかなり早く進んでいたようだが、それにしてもこれは早過ぎる。上半身にまで硬直が及ぶには、少なくとも二時間以上の時間経過が必要なのだ」

「ちょっと待ってください、能条聖子の死亡推定時刻は、午後六時から七時までの間、でしたよね？」

「そうだよ」

「――てことは、死体が発見された九時の時点で、二～三時間経過していたことになる。一応計算は合うが……まてよ、結城先生、死後硬直ってのは、死体を動かした場合、どうなるもんなんですか？」

「無理に動かすと、硬直は解けてしまうはずだ」

「うーん……。となると、たしかにおかしいぞ、こいつは」

「わかるかね？」

「ええ。だって、おれたちが『P』からの予告状に気づいて、最初に劇場を見にいったのは、夜の七時半なんですよ？　その時点では、劇場の舞台の上に死体はなかったんだ。そして一時間半後の九時、同じ舞台の上で、聖子の死体は発見されている。これじゃ、計算が合わないよ。——結城先生、一時間半だと、硬直はどこらへんまで及ぶんですか？」

「せいぜい、あごや首までだろうね」

「なるほど……。それじゃあ、やっぱり不自然ですよ、この状況は。死後硬直が上半身にまで及ぶためには、最低二時間は必要だ。つまり、少なくとも七時前には、死体は「なんらかの理由」で、発見された時のままの、正座して前かがみになるという、不自然な格好をさせられていたってことになる。

ところが、七時半におれを含む全員が、舞台に何もないことを確認してるわけだから、死体は、七時半から九時までの間に、舞台の上に運び込まれたとしか考えられない。しかも、死体をへたに動かせば、死後硬直が解けちまうときてる。そうですよね、先生？」

「うむ——」

「ようするに、こういうことですね。——能条聖子は殺されたあと、発見された時のあの不自然な格好のまま、どこかに置かれていて、おれたちが舞台を最初に見に行った七時半よりあと、そのままの格好で舞台の上に運び込まれた」

「そういうことだよ、金田一くん。この状況、どう思うかね、君は」

「何かワケアリ、って感じがしますね」

「私もそう感じたから、君に考えてもらおうと思って、話したのだよ。どうかな、君の推理では？」

「いやー、さっぱりですよ。まるっきり、トホホですね」

「……そうか。ま、考えておいてくれたまえ。じゃ、金田一くん、おやすみ——」

そう言い残して、結城は、能でいう〝すり足〟のような歩き方で、現れた時と同じく、唐突に部屋に帰ってしまった。

その後ろ姿を見送りながら、ハジメは、外科医だというこの長身の男が、いったいなんの理由で自分に、こんな情報を与えたのかを考えていた。

そもそも、ハジメは、結城がどこの誰で、どういう経歴の持ち主なのか、まるで知らないのだ。いや、剣持警部でさえも、彼のことは、多くは知らないらしい。

あるいは、この結城も、江口六郎がそうだったように、今回の殺人の奥底に見え隠れする黒沢美歌の自殺事件と、なんらかの関わりがあるのだろうか。

それゆえこの館にこだわり、そして、なんらかの意図を込めて、ハジメにこのような情報を与えたのかもしれない。

「考えすぎだよな、いくらなんでも……」

そうひとりごとをつぶやいて、ハジメも自分の部屋に戻っていった。

第五幕　『フィリップ伯爵は、湖で』

1

深い霧のような陶酔の中に、ファントムはいた。何も見えない。何も聞こえない。ただ目的を遂げようとする意志だけが、彼を動かしていた。

長い間かけて書き上げたシナリオだったが、ようやくここまでページをめくることができた。小さな計算違いはあったが、それも今にして思えば、効果的な即興のようなものだった。かえって、謎と恐怖を盛り上げる結果を生んでくれたのだから。

すべては、予想以上にうまく進んでいる。廊下の柔らかい絨毯《じゅうたん》は、自分の足音を吸い込んでくれるし、この激しい風の唸りも、これから起こる惨劇の物音を、きっとかき消してくれるだろう。

こんな夜中なのに、少しも眠気を感じない。神経は冴えわたり、思考は研ぎ澄まされ、少しのミスやトラブルは、とっさの機転でたやすく切り抜けられる気がした。

ファントムは、最初の殺しの瞬間を思い出した。手に跡が残らないように、革手袋をしたうえ、太めの麻紐を使った。それでも、完全にカルロッタが息絶えるまでには、紐が食い込んだ掌《てのひら》が、冷たく痺《しび》れてしまった。

彼女の首に巻きつけた紐を絞め上げると、緊張からか、抑えていた憎しみが、吐き気のようにこみ上げてきた。そのせいで力が入りすぎたのだろう、彼女の死に顔は、紫色に腫れ上がり口から舌がはみ出している有り様だった。しかし、あとの処理は完璧だったし、証拠は何一つ残していないはずだ。

次も、あの時のようにうまくやれるだろうか。何しろ、今度は男なのだ。カルロッタのように、簡単に死んでくれるとは思えない。念のために刃物も持ってはいたが、返り血を浴びる可能性もあるし、できれば使いたくなかった。

ファントムは、目的のドアの前で、足を止めた。

ひと息深呼吸をして、ノックをする。あらかじめ電話で起こしてあったので、強くノックする必要はないだろう。他の部屋の者たちに、聞こえては都合が悪いし……。

すぐにドアが薄く開いて、フィリップ伯爵が顔を見せた。

いつにもまして、顔色がすぐれない。ファントムの顔を見ると、彼は少し警戒しながらも、ドアのチェーンをはずして、部屋の中に招き入れた。

フィリップ伯爵が、何か、聞き取れない声で話しながら、ファントムに背を向けた。その瞬間を、ファントムは見逃さなかった。

カルロッタを殺したのと同じ麻紐を掌に巻きつけながら、すばやく近づく。紐の中程を、フィリップ伯爵の首に引っかけて、腕を交差させた。

「――――！」

ファントムは、そのままフィリップ伯爵を押し倒し、馬乗りになって、紐を絞めあげた。

フィリップ伯爵は、首をひねり、ファントムを見た。

なぜ、自分を殺す？

言葉は出なかったが、目がそう問いかけていた。ファントムは、紐になおも力を込めながらも、顔をフィリップ伯爵に近づけ、その答えをそっと教えてやった。

フィリップ伯爵の血走った目が、恐怖と後悔に見開かれた。

「……！」

彼は、必死の形相で足をじたばたと動かした。が、それさえもファントムの膝で押さえ込まれ、ままならない。両手は、喉に食い込んだ紐をひきはがそうと、懸命にかきむしっている。しかし、そんな抵抗もむなしく、彼の喉は、蜂の腹のようにくびれ、顔面は、みるみる紫色に染まっていく。

そうやって、五分もたったろうか。フィリップ伯爵の全身から、電池が切れたように力が抜けた。しかし、ファントムはなおも力を入れ続ける。あと、二分、いや、三分だけ。念には念を入れて――。

そのままさらに、五分ほども絞め続けたあと、ようやくファントムは手の力を緩めた。のしかかっていた背中に耳を当てる。フィリップ伯爵の心臓は、もはや完全に停止していた。

ファントムは、呼吸を整えて立ち上がった。

「大変なのは、これからだ」

囁くようにつぶやいて、ファントムは部屋の明かりを消した。

2

ハジメは、嵐の中にいた。

そこは、二階の窓から見える、岬の突端だった。

闇の中に、大人の背丈ほどの石塚が、青白い庭園灯に照らされて立っている。黒沢美歌の墓である。

雨風は激しさを増し、目を開けているのがやっとだった。ハジメは、そろそろ館に帰ろうと思い、雨ガッパのフードを押さえて踵を返した。

その時だった。後ろで、風の唸りに混じって、呻き声がした。

ハジメは、ぎょっとなって振り返った。

が、誰もいない。

それもそのはずである。そこは断崖のきわで、呻きが聞こえたほうには、もう人が潜む空間は残されていないのだ。

それとも、あの墓石の後ろに、誰かが隠れているのだろうか。

そう思って、ハジメは墓石に近づいた。

裏を覗き込む。やはり、誰もいない。

ほっとして、立ち去ろうと振り返る。とたんに、何か固い壁のようなものに突き当たって、はじき返された。

尻餅をついたまま、ハジメはその壁を見上げた。

「――!」

それは、黒ずくめの人間だった。いや、人間の形をした〝何か〟だった。

巨大な肉体を、黒いマントで包むように覆って立つそれは、奇妙な仮面をつけていた。青白く光る無機質な仮面の奥で、血走った目が、そこだけ妙に瑞々《みずみず》しく蠢《うごめ》いている。

「ファントム……？」

ハジメは、口元を震わせてつぶやいた。

ファントムは、ハジメに近づくと、その手をハジメの首にゆっくりとかけた。ハジメは、逃げられなかった。体が動かない。もはや、怪人のなすがままだった。

ファントムの口元が、キューッと三日月形につり上がり、ハジメの首にかけた手に、力がこもった。

「うわっ！」

ハジメは、必死でファントムの手を振り払い、身をよじった。

なおもつかみかかろうとする怪人の魔手から逃れようと、墓石にしがみつく。

その瞬間である。

ゴボッ！

墓石の根元のあたりの土が突如盛り上がり、腐って半分白骨化した人間の手が突き出してきたのだ。

「うわあ——ッ！」

ハジメは、飛び起きた。

そこは、ベッドの上だった。とっくに夜は明け、カーテンを開け放ったままの窓からは、淡い光が差し込んでいる。ぐったりと重い体を起こして窓の外を見ると、いつのまにか雨はやんでいた。

「……夢……か？」

びっしょり汗をかいている。心臓は、ヘビメタのバスドラのように、8ビート《エイト》を叩いていて、口の中はカラカラだ。飲み込む唾もない。

「なんつー夢だよ、まったく……」

悪夢のなごりを払うように、二、三度頭を振って、転げ落ちるようにベッドを抜け出す。汗だくのTシャツを脱ぎ捨てて、とりあえずの着替えをすまし、部屋を出た。

「おはようございます、金田一さん」

廊下に出るなり、黒沢オーナーとはちあわせした。

「あ、オーナー……。どうも……」

目をこすりながらそう答えたハジメに、黒沢は、

「そろそろ、お食事の準備ができるころですので、食堂にお集まりください」

と告げて、微笑んだ。

無理やりしぼり出したような、疲れた笑みだった。あたりまえである。昨日、ここで殺人があったのだ。

このホテルにいる人間は、きっとみんな、くたくたに疲れ果てていることだろう。おそらくは、犯人も。

「オーナー、電話、通じましたか？」

ハジメは尋ねた。

「いえ、残念ながら。ホテルの電話交換室で、回線が刃物のようなもので切られているのが見つかりまして、つないでみたのですが、やはり――」

「だめでしたか」

「はい。どうやら、他にも切断されている箇所があるようでして……」

やはり、電話の不通は犯人の仕業だった。周到な犯人のことだ、きっと、他にも何カ所にもわたって、回線を切断していることだろう。電話で助けを呼ぶのは、どうやら諦めたほうがよさそうである。

「クルーザーのほうも、電気系統の故障というのは、素人の手に負えるものではありませんから。やはり、定期巡回船を待つしかないようです」

「そうですか……」

定期巡回船が来るのは、明日の昼ごろである。それまでは、正体不明の殺人者と一緒に、この孤島のホテルで過ごすことになる。

「——美雪は、起きてきてますか」

ハジメは、不安を紛らすように、話題を変えて黒沢に尋ねた。

「いえ、まだです。剣持警部はいらしてますが」

「じゃあ、おれ、美雪のやつ起こしてから一緒に行きますんで」

「そうですか、では、お願いします」

そう言って、黒沢は軽く頭をさげた。

3

「美雪ー、起きろー」

美雪の部屋のドアを叩きながら、ハジメは間延びした声をあげた。

「起きてるわよ」

険のある声で、美雪が答える。

「じゃあ、早く出てこいよ。メシ、できてるってさ」

「あたし、シャワー浴びてから行くわ。はじめちゃん、先、行ってたら？　加奈井さんが待ってるわよ」

「なんだよ、それ。ちぇっ、勝手にしろ」

舌を鳴らして、ハジメはドアの前を離れた。

「――ったく。いつまでも、つまんねーヤキモチ焼きやがって」

と独りごとを言いながら、ハジメは、内心まんざらでもない。

「ヤキモチか。へへ……」

つい、口元が、だらしなくほころぶ。

ハジメたちの通う不動《ふどう》高校では、ハジメと美雪の仲のよさは、七不思議の一つとさえ言われている。

超劣等生の金田一一と、優等生で学校でも一、二を争う美形と評判の七瀬美雪。あまりにも釣り合わないこの二人が、いつも一緒にいるのは、単なる幼なじみの腐れ縁ゆえだろうと、男どもはみんなそう思っているらしい。

でも、実はハジメのほうは、もうだいぶ以前から、美雪を異性として意識してきた。

最近では、美雪と二人で出かける時は、ちゃんと歯も磨くし、パンツも替える。美雪に言われて、髪の毛も一週間に一度は洗うようにした。

ところが美雪ときたら、小学生のころと同じく、タンクトップにショートパンツといった目のやり場に困る格好で、ハジメの部屋に遊びに来ては、親が寝たあとまでいるのだからたまらない。

美雪が帰ったあと、一人残ったハジメの部屋の、ティッシュの減りの早いこと。翌朝、母親に「また夏カゼひいた」と言い訳する自分が、悲しくてならないのだ。

美雪のほうは、どうなんだろう。

〔ま、単なる幼なじみだったら、ヤキモチは焼かねえよな、フツー。うんうん――〕

などと、一人納得しているハジメの耳に、剣持警部の慌てふためいた声が、飛び込んできた。

「金田一！　おい、どこにいる！」

階段を駆け上がる音がして、剣持と黒沢が、息を切らして現れた。

「？　どうしたの、オッサン」

と、ハジメ。

「どうしたもこうしたもないぞ、金田一。これを見ろ！」

そう言って、剣持は小さな紙切れを、ハジメの鼻先に突き出した。

「！　こ、これは」

紙切れには、ワープロで、こう打たれていた。


『フィリップ伯爵は、湖で溺れた。——P』


ハジメは、剣持から紙切れをひったくって叫んだ。

「なんだよ、これ！　いったいどこに？」

「おれの椅子に置かれてたんだ。どう思う、金田一。まさか、また誰か——」

「オーナー！」

と、ハジメ。声がうわずる。

「は、はい」

「フィリップ伯爵っていうのは、『オペラ座の怪人』の登場人物ですよね」

「そうです。フィリップは、怪人を追って地下水路に侵入しようとして、湖で——」

「溺れるんですね？」

「はい」

「その役は、誰がやる予定でした？」

「緑川くんです。で、でもまさか……」

黒沢が言いかけた時、悲鳴が廊下に響きわたった。

「きゃあ――ッ！　はじめちゃん！」

「美雪だ！」

言うが早いか、ハジメは駆けだしていた。「美雪！　大丈夫か！」

カギのかかった木製のドアに、三人がかりで体当たりをかます。

カギが壊れ、ドアが開く。シャワーの音を聞いて、ハジメがバスルームに飛び込んだ。

バスルームは、真っ赤だった。生臭い臭いが立ち込めている。

立ちのぼる湯気の中に、美雪が半裸でうずくまっていた。

「み、美雪……」

ハジメの頭の中で、最悪の連想が駆けめぐった。

その瞬間、

「はじめちゃん！」

と叫んで、タオル一枚巻きつけただけの格好で、美雪がハジメに抱きついた。

「美雪、お前、ケガは――」

そう言いかけたハジメの視線が、勢いよく噴き出すシャワーに向けられ、そこで釘づけになった。

「血だ……。血のシャワーだ……」

血液の混じった、真っ赤な水が、シャワーの口から噴き出していたのだ。

「給水タンク……」

ハジメが、うわ言のようにつぶやいた。

呆然と立つ黒沢の肩を揺すって、ハジメは叫んだ。

「オーナー！　給水タンクはどこです！」

4

『オペラ座館』を見下ろす、小高い丘の上に、それはあった。この古い館をホテルに改造する際に、シャワーの水圧を高めるために作った、客室専用の給水設備で、ホテルの従業員は、第二給水槽と呼んでいるものだった。

コンクリートで固められた地面から、直径二メートル、高さ一メートルほどの鉄のタンクが突き出している。地面を掘り下げて、そこに大型の水槽を埋め込んでいるのだ。

黒沢が梯子《はしご》に足をかけて、勢いよく水槽の上に登った。潜水艦のハッチを思わす蓋の上部の、リング状の鉄のハンドルを、両手で勢いよく回すと、耳障りな金属音をたてて蓋が開いた。

懐中電灯を持った剣持の後に続いて、ハジメも水槽の上によじ登った。ぽっかりと開いた穴を覗き込み、懐中電灯を灯す。

「うっ……！」

ハジメは、呻き声をもらして、顔をそむけた。

懐中電灯の光が、オレンジ色のシャツの背中を照らしだす。

「緑川くん……なんという……」

黒沢が、そうつぶやいて両手で顔を覆った。

緑川由紀夫の死体は、その体から流れ出た血液で、給水槽を満たす水を真っ赤に染めて、磯に打ち寄せられた魚の死骸のように、ゆらゆらと漂っていた。

黒沢とハジメの手を借りて、死体を引き上げると、剣持警部は、怒りを噛《か》みしめるように言った。

「『フィリップ伯爵は、湖で溺れた』――か。なんでまた、犯人はこんな手の込んだ真似をしやがるんだ。芝居のストーリーに見立てて人を殺して、何が面白い！　くそっ！」

「奴は、わざわざ、こんなところまで死体を運んできてるんだ。ただの脅しとは思えないぜ。何か、重要な意味があるんだ。この『見立て』には……」

ハジメは、緑川の惨殺死体を見下ろしながら、そうつぶやいた。

すぐに、結城医師が呼ばれ、検死が行われた。

検死の間に、殺された能条聖子と緑川由紀夫を除く全員が、食堂に集められた。

検死は一時間ほどで終わり、その結果が、金田一一と剣持警部の二人だけに知らされた。

報告によると、死亡推定時刻は、午前一時から午前四時までの間らしい。死因は絞殺で、給水槽の血は、死後につけられた喉と胸部の刺し傷から、じわじわ流れ出たものと思われた。

「――つまり、あの死体の傷は、殺された後につけられたってことですか」

と、剣持がきくと、結城は小さくうなずいた。

「ええ。そういうことですな。傷に、生活反応がないですから」

「生活反応？」

ハジメが尋ねると、剣持が答えた。

「そうだ。生きてる時についた傷は、周囲が腫れてくるものなんだよ。ところが、あの死体の傷口には、それがないってことさ。しかし、そりゃあ妙な話だな。なんで死体に傷を作らにゃならんのだ。よっぽど、緑川が憎かったのかな？」

「いや、そうじゃないだろう」

と、ハジメ。

「ん？　じゃあ、なんだ、金田一」

「はっきりとは言えないが、たぶん犯人は、死体を早く発見させたかったんじゃないかな。ああやって死体を切り刻めば、傷口から流れ出た血が水道を通って、ホテルのどこかから噴き出す。それに、あの『フィリップ伯爵は、湖で――』っていう予告状が加われば、給水槽に緑川の死体があることは、すぐに想像がつくだろ？」

「なるほど。しかし金田一、犯人はなんでまた、死体を早く発見させたがったんだ？普通は、殺人犯ってのは、死体発見を遅らせようと考えるものだぞ」

「芝居の幕が、明日の昼には閉じちまうからだろうよ」

「何？」

「明日、巡回船が来るまでに、奴はすべてを終わらせるつもりなのさ。この殺人劇の一部始終をね――」

5

食堂に集められた全員に、剣持が死体の状況を簡単に説明した。その間、ハジメは全員の表情に目を配っていたが、目立つ反応は見られなかった。

それぞれ、怯えたように身を縮ませて、あら探しするような視線を、あたりに配っているだけである。ただ加奈井理央だけは、恐怖心より好奇心が勝っているのか、ハジメや剣持顔負けの鋭い観察眼を、『容疑者』たちに配っていた。

少しして、テーブルにいれたての紅茶が配られた。が、誰も口をつけようとしない。

黒沢が、

「どうぞ」

と小声で勧めると、能条が、カップの中身を灰皿に捨てて言った。

「こんな気持ち悪いもん、飲めるかよ。死体が入ってた水槽から、引いた水でいれたんだろうが」

「いい加減にしろ、きさま！」

能条の襟首を、剣持がつかんだ。

剣持の怒りを静めるように、黒沢が割って入った。

「能条くん。飲みたくなければ飲まなくて結構だが、この紅茶は安全だよ。緑川くんの死体が投げ込まれていたのは、客室専用の給水槽で、厨房《ちゅうぼう》の水やお湯は、昔からある屋根の上の給水槽から引かれているんだ」

黒沢は、他のメンバーを見渡して、

「――ですから、みなさん安心して召し上がってください」

しかし、そう言われても、カップを手に取る者はいなかった。事件の直後だけに、なんとなく気味が悪くて、飲む気がしないのだろう。

その様子を見て、能条が、揶揄《やゆ》するように言った。

「誰も飲まないみたいですねえ、先生。ま、そのほうが賢明だと思うぜ。緑川の血は混じってないにしても、かわりに毒が混じってるかもしれないわけだからなあ」

「いただきます、オーナー」

能条の言葉を断ち切るように、ハジメがカップを手に取って、琥珀《こはく》色の液体に口をつけた。

「ケッ、どいつもこいつも、偽善者ぞろいだぜ」

能条は、それを見て、口元を歪めながら吐き捨てた。

そんな能条を横目でにらみつけながら、剣持は、

「では、これから、みなさんの昨夜のアリバイ――と申しますか、行動について、おうかがいします。正直に、お答えください」

と宣言して、手帳を取り出した。


一時間ほどで聞き込みは終わった。成果はなかった。午前一時から四時までの間は、全員、アリバイはなし。寝ていたという者と、眠れずに本を読んでいたという者しかいなかった。

不審な物音を聞いたという者もいない。昨夜は、ひと晩中嵐だったし、これは無理のないところだろう。

「警部さん」

捜査がひと息ついたところで、アルバイトの江口六郎が発言した。

「——実は、ちょっと気づいたことがあるんですけど」

「なんだ、言ってみろ」

「はい。朝、食事のしたくが始まる前に、給湯室にポットのお湯を注ぎに行ったんです。そうしたら、一〇五号室のポットが——」

「一〇五？　緑川の部屋じゃないか」

「ええ。その緑川さんの部屋のポットが、給湯室の床に転げてて、あたりがびしょ濡れになってたんですよ」

「なるほど、つまりこういうことじゃないかしら」

　加奈井理央が、先走るように口をはさんだ。

「——緑川さんは、夜中にポットのお湯を汲《く》みに給湯室に来たのよ。ほら、彼のいた一〇五号室って、給湯室のすぐ近くじゃない？　だから、お湯を汲むくらい大丈夫だろうと思って油断して、安全な部屋から、殺人鬼のうろつく廊下に出てきたんだわ。そこを、ファントムが襲って、首を絞めた。

　そして、そのあとで緑川さんを背負って、丘の上の給水槽まで運んで、聖子さんの時と同じく怪人の仕業に見せかけるために、水槽に放り込んだ。——どう、金田一くん、この推理」

加奈井の艶《なま》めかしい視線から、さりげなく目をそらして、ハジメが言った。

「さあ。犯人の狙いが、そう見せかけるためだったと考えることもできるからね」

「え？　どういうこと？」

「いや、なんでもないよ」

言葉を濁したハジメを、恨めしそうに見ながら、加奈井は口を尖らせて黙ってしまった。

6

軽い食事をすませると、全員言葉も交わさずに、自分の部屋に戻った。

黒沢は、食事の後片付けを従業員たちに任せて、死体の投げ込まれていた給水槽の水を抜きに、外に出かけた。バイトの江口も、もう一度電話線の切断箇所を探してくると言って、出ていった。

ハジメは、今朝見た夢のことを思い出して、岬の突端の黒沢美歌の墓に、一人で足を運んでいた。

もやにかすむ細い道を辿《たど》ると、二、三分で墓の前に出た。そこには、先客がいた。

「江口さん、ですか？」

不意に後ろから名前を呼ばれて、びくっと身を震わせ、江口が振り返った。

「……あ、金田一さん」

ほっとしたような笑顔である。ハジメは近寄りながら、

「電話線を見に行ったんじゃなかったんですか？」

と、かまをかけるように言った。

「いや、そのつもりだったんですが、なんとなくここに足が向いちゃって……」

と、江口。ハジメは、

「そうですか」

とだけ言って、話を変えた。

「──江口さん、その、死んだ黒沢美歌って人、どんな人だったんですか？」

ハジメの問いに答えずに、江口は言った。

「アトリエに、ご案内しますよ」

「アトリエ？」

「ええ。美歌さんの絵が、たくさんあるんです」

そのアトリエは、『オペラ座館』から五分ほど歩いた、丘の上にあった。

江口の話では、画家の間久部青次の仕事場として、黒沢がわざわざ建てたものだという。丸太を組み合わせた質素な造りの、小さな平屋だった。

ノックすると、中から例のマスクとゴーグルをした、間久部が顔を出した。表情のわからない間久部の様子は、ハジメの目にはいささか気味が悪かったが、江口は慣れているのか少しも気にする風でもなく、軽く会釈をしてさっさとアトリエに入っていった。

間久部は、江口とハジメを招き入れると、さっさとキャンバスの前に座って、絵を描きはじめた。

ハジメは、

「どうも……」

と、間久部に向かって挨拶をした。間久部は、目を向けずに小さく頭だけ下げて、そのままキャンバスの上に絵筆を躍らせ続けている。

その表情は、例の異様なゴーグルとマスクに覆われ、まるでわからない。しかし、マスクの口元が、ひくひくと動いているのだけはわかる。絵を描きながら、何かを、つぶやいているようだった。

通りすがりに、描きかけの間久部の絵を覗き込んだハジメは、ふと、奇妙な違和感にとらわれた。が、それがなんだか考えるまもなく、壁一面を覆う無数の絵画が、目に飛び込んできた。

「これが、美歌さんでした」

江口が、そう言って壁に飾られている絵を愛しそうに見上げた。

アトリエの壁を埋めつくす絵。それらはすべて、一人の少女の短い人生を追いかけた、美しい絵巻物だった。

まだ本当に幼い頃の肖像から、女性としての美しさを持ちはじめた少女時代、そして、大人への脱皮が始まった、死の直前にいたるまでの、美歌の短い一生が、そこに語られていた。

絵の中の少女の瞳は、いずれも無垢な輝きと透明感に満ちている。平凡な少女であり、非凡な女優であるという、一見矛盾するかに思える資質を、彼女はその印象的な瞳の中に、たしかに同居させていた。

「ぼくは、美歌さんが好きだったんです」

そうつぶやいて、江口は壁の真ん中あたりに飾られている、一枚の絵に視線を送った。それは、美歌と能条の絵だった。仲睦《なかむつ》まじき日の二人が、笑顔をたたえながら、ソファに並んで座っている。そんな絵だった。

「――だから、この男は許せない。ファントムは、聖子さんや緑川さんでなく、この男を真っ先に殺すべきなんだ！」

江口は、そう吐き捨てると、軽く頭を下げて、一人でアトリエを出ていった。

7

剣持とハジメは、食堂のテーブルで向かい合っていた。時々どちらかが短く言葉を発しては、すぐにまた黙り込む。その繰り返しを、かれこれ二時間近くも続けているのだ。

美雪は、手持ち無沙汰だからと、キッチンで食器洗いを手伝っている。

「おい、金田一。さっきのことだけどな」

剣持が尋ねた。

「さっきのことって？」

「加奈井に言ったことだよ。給湯室で緑川が殺されたんじゃないかって、加奈井が言ったら、そう見せかけるのが犯人の狙いだとかって――」

「ああ、あれか。まあ、単純に給湯室が犯行現場だって考えるには、ちょっと不自然な点があるもんでね」

「不自然な点？」

「——犯人は、水槽に投げ込んだ死体から血を流させることで、死体発見を早めようとしたんじゃないかって考えは、さっき話したよな？」

「ああ。それがどうした」

「おかしいと思わないか、そう考えると」

「だから、何が？」

「給湯室と緑川の部屋との位置関係さ。緑川の部屋が二階の端とかいうならまだしも、奴のいた一〇五号室は、給湯室のすぐ前だぜ。なのに犯人は、なんでまた丘の上の給水槽まで、わざわざ死体を運んだんだ？」

「そりゃあ、例の『オペラ座の怪人』のストーリーに見立てるためだろ？」

「だったら、緑川の部屋の浴室に、放り込めばいい。そのほうが、発見も早まるだろうしな」

「うーむ、なるほど……。なんで犯人は、そうしなかったんだ？」

「おれが思うに、犯行は、逆に客室で行われたんじゃないのかな。それを隠そうとして、犯行現場を給湯室に見せかけたり、わざわざ遠い給水槽まで、死体を運んだりしたんじゃないだろうか」

「どういうこった、そいつは？」

「こういうことさ。犯人は、なんらかの方法で緑川の部屋に侵入し、奴を殺した。しかし、そのことを知られると、一人で部屋に閉じこもっているのは危険だと考える者が出てくる。それは、犯人にとって都合が悪かったんだよ。

部屋で殺されたというよりは、給湯室で襲われたと思わすほうが、心理的にいくぶん安心感があるだろ？　残った連中に、『これまでどおり部屋に閉じこもって危険な場所に行かなければ大丈夫だ』と思わせることができるってわけだ」

「そ、それじゃあ、まさか……」

「ああ、オッサン。ファントムの獲物は、まだ残ってるのかもしれないぜ。奴は、また夜が来て『第三の獲物』が一人きりになるチャンスを、今もじっと待ってるのさ」

「なんてこった……」

「ともかく、今夜が勝負だ。夜になったら食堂かどこかに全員で集まって、今夜いっぱい無事に過ごせれば、明日には助けがくる」

そう言って、ハジメは窓の外に目をやった。

外は、霧が立ち込めている。雨も風もすっかりやんでいたが、地面に吸い込まれた雨水が、三十度を超える暑さで、濃い霧となって立ち昇ったのだろう。

ふと、ハジメは微かな胸騒ぎを覚えた。

〈今夜……？　本当にそうなのか。ファントムが、獲物を狙うのは、夜だけとは限らないんじゃないのか？〉

そのハジメの思いを、剣持の言葉が遮った。

「それにしてもよ、金田一」

「――ん？」

「そのファントムとかって野郎はなんでまた、緑川なんかを殺したのかな？　能条聖子についちゃ、金持ちのわがまま娘ってことで、誰かの恨みを買うなり金銭がらみのトラブルに巻き込まれるなり、殺される動機らしきものがいくつか想像できるんだが、あの緑川って男はどうもな……。

金もなきゃ根性もない、能条や滝沢の腰巾着にすぎんような男を殺さなきゃならん理由ってのは、いったいなんだと思う、金田一。もしかして、犯人の正体を、偶然知ったために殺されたとか――」

「違うな。この事件は、一から十まで、すべて綿密に計画された連続殺人だよ。ファントムは最初から、能条聖子の次は緑川を殺すつもりだったんだ。そうでなきゃ、あんな予告状まで用意して、二人揃《そろ》って劇の役柄に合わせて殺すなんて演出が、できるはずがない」

「うーん、そういえばそうだな。しかし、じゃあ緑川はなんで——」

「さあ……。ただ、きっと動機は、『能条聖子殺し』と同じなんじゃないかな。つまり、裏を返せば、聖子と緑川は二人して、『犯人の憎悪を買うようなこと』を過去にしているってことになるが……」

そう言いながらハジメは、黒沢和馬から聞いた彼の娘、黒沢美歌の自殺事件のことを考えていた。

この奇怪な殺人事件の奥に潜む動機は、やはり四年前の美歌の自殺にあるのではないかと、ハジメは考えはじめていたのだ。

だとすると、有力な容疑者が、一人浮かび上がる。言うまでもなく、黒沢オーナーだ。しかし、彼にも、『聖子殺し』については、他のメンバー同様に完璧に近いアリバイがあるのだ。それに——。

〈聖子はともかく緑川までが、黒沢美歌の〝失恋自殺〟に関わりがあるとは思えないんだが……。むしろ、関わりがあるとしたら、能条光三郎のほう——まてよ？　まさか次にファントムが狙っているのは……」

ハジメは、不意に湧き出た胸騒ぎをこらえながら、剣持に尋ねた。

「オッサン。能条の部屋は、何号室だ？」

「？　ええと……どこだったたっけな――」

と、手帳を取り出そうとする剣持を置いて、ハジメは廊下に飛びだした。

いちばん手前の、一〇一号室のドアをいきなり叩いて、叫ぶ。

「開けてください！　金田一です！」

ドアが開いて、加奈井理央が顔を出す。

「なによ、金田一くん。どうしたの？」

「教えてほしいんです」

「？　何を？」

「能条さんの部屋――そうだ、それともう一つ、あの男が『オペラ座の怪人』で演じるはずだったのは、どういう役でしたか？」

「役？　ヒロインの恋人役のシャニイ子爵だけど？」

「それだけじゃないでしょう？　たった五人の役者で『オペラ座の怪人』をやろうとしてたわけだから、一人が何役か演じわけることになってたはずだ」

歌劇『オペラ座の怪人』の脚本は、かつてハジメたちの通う不動高校の演劇部が、ここで合宿を行った時、読んだことがあった。そう、〝あの時〟も、芝居のストーリーどおりに、仲間たちが殺されていったのだ。

たしか、劇中では〝三人〟の登場人物が、ファントムの手にかかって命を落とすはずである。

一人は、シャンデリアの下敷きになって死ぬオペラ歌手の『カルロッタ』、もう一人は水中に引きずり込まれる『フィリップ伯爵』、そして最後の一人は――。

「どういう役です、能条さんがやる予定だった、もう一つの役柄は！」

「オペラ座の道具主任の、ジョゼフ・ビュケよ。ファントムに絞殺される……あっ！」

加奈井は、息を飲んだ。

「それだ！　加奈井さん、能条の部屋はどこです!?」

「えっと……たしか、廊下の反対側だったと……」

「わかったぞ、金田一、一〇八号室だ！」

剣持が、手帳を閉じて大声をあげた。

「行くぞオッサン！　もしかすると、次にファントムが狙うのは能条かもしれないんだ！」
言うが早いか、ハジメは廊下を駆けだしていた。

8

ファントムは、深い霧の中を歩いていた。ゆっくりと、芝の地面を選び、靴に汚れがつかないように。幸い、ここまでの道のりは、すべて芝とコンクリートの飛び石の上を歩いてこれた。靴は、少しも汚れていない。

すべて順調に運んでいる。小さな計画の変更はあったものの、大事には至らないですんだ。

緑川の死体が見つかったあと、全員が部屋に戻ってくれるかどうかは、ファントムにとっても賭けではあった。天候も回復してしまったし、あのまま明日の昼まで食堂に集まって過ごされたら、計画は頓挫してしまう。

少しでもそのリスクを減らそうと、殺害現場を給湯室に見せかけたりもした。

もちろんそうなった時のために、また別のシナリオも用意はしてあった。しかし、できればこの『オペラ座館』で、すべてを終えてしまいたい。

あの岬の突端の石塚の下に、ひとり寂しく眠っている『美歌』に、彼女を死に追い込んだ者たちの、惨めな断末魔を見せてやるためにも——。

ほとんど一睡もしていないにもかかわらず、ファントムの目は異常な興奮と緊張ゆえに、野生の動物を思わす射るような光を帯びている。その目で、ファントムは周囲に警戒の糸を張りめぐらしながら、ゆっくりと〝目的地〟を目指して歩を進めた。

ファントムの手袋をした両手には、劇場の建築現場から持ち出したのだろう、大きなコンクリートブロックが抱えられていた。

ファントムは、ある部屋の窓の前で、足を止めた。大きく息を吸う。

もう少し。

あと少しで、すべてが終わる……。

ファントムは、ブロックを頭上に持ち上げて、力まかせに目の前の窓——能条光三郎の部屋の窓ガラスに向けて投げ込んだ。

第六幕　『ジョゼフ・ビュケは、首を吊られ――』

1

ガシャーン……。

ガラスの砕ける音がした。

ハジメと剣持は、食堂から見て一階の奥にあたる、能条光三郎の部屋を目指しているところだった。

「金田一、今の音!」

剣持は、一瞬足を止めて言った。

「能条の部屋のほうだ。急ぐぞ、オッサン!」

ハジメは、そう言って全力で駆け出す。

角を曲がると、呻きとも叫びともつかない声がして、ドアが乱暴に開かれた。

「——!」

転がり出るように飛びだしてきたのは、能条だった。

「能条！」

そう叫んで、剣持が駆け寄り、うずくまる能条を助け起こす。能条は、痙攣《けいれん》するように全身を震わせながら、のどが破れんばかりに咳込んでいる。押さえた肩からは、血がにじみ出ていた。

ハジメは、能条の様子を横目で見ながら、開け放されたドアから、能条の部屋に飛び込んだ。

床のカーペット一面に、砕けたガラスが散っていて、その中心あたりに大きなコンクリートブロックと、アイスピックのような細身の刃物が転がっていた。

窓は、木製の格子ごと粉々に吹き飛び、見る影もない。人がゆうゆうと出入りできるほどに、ぽっかりと開いたガラスの割れ目から、濃密な霧が流れ込んできていた。

ハジメは、いったん足を止めて、慎重に部屋の中を見まわした。ベッドの陰、テーブルの下、ソファの後ろ。誰か潜んでいる者はないか。仮面をつけた怪人が、黒いマントを翻して、襲いかかってきやしまいか……。

ゆっくりと、一歩一歩、室内に足を踏み入れる。心臓が、飛びだしそうに弾む。全身に冷たい汗がにじんでくる。

ハジメは窓際に近づき、外の気配をうかがいながら、思い切って窓の割れ目から首を突き出した。

「――――！」

そこに、ファントムの姿はなかった。

ハジメの目に入ったのは、深い霧をたたえた幻想的な庭園の光景だけだった。

ほっとため息をついて、ハジメは地面に視線を落とした。

「ん？　あれは――――」

窓の下の芝生の上に、黒い革の財布が落ちていた。

ハジメは、尖ったガラスに気をつけながら、窓の割れ目をくぐり外に出た。指紋をつけないように、そっと財布を拾いあげると、小銭入れの部分の留め金がはずれていたのか、バラバラと中身が地面に落ちて散った。

十円玉三枚と、百円玉二枚。小さく折り畳んだ、銀行の引き出し明細。それから、キーホルダーにつながれたカギ二つ。一つは、『ＴＯＹＯＴＡ』と彫られた自動車のキーで、もう一つは、ロッカーか何かの銀色の小さなカギだった。あとは、直径三センチほどの、ベッコウ模様のボタン。おそらく、とれたものを、なくさないように財布に入れておいたのだろう。

ハジメは、その中から銀行の明細をつまみ上げて広げた。

『口座名、タキザワ・アツシ』

紙片には、そう書かれていた。

瞬間、ハジメの頭の隅に、小さな、本当に小さな疑問の種が生まれた。その種子は、ハジメが、地面に散ったものを一つ一つ拾い上げるうちに、しだいに芽を吹き細い茎をもたげていった。

「おい、金田一、能条は無事だぞ！　肩に刃物がかすっただけだ。首も絞められたらしいが、命に別状はない」

窓から顔を出して叫んでいる剣持の言葉さえ、ハジメの耳には入らなかった。ハジメは、指紋がつくのもかまわずに、滝沢の持ち物と思われる黒い革の財布をひっかきまわし、中身を芝生の上にぶちまけている。

「おい、金田一、聞いてんのか。能条は無事だ。いきなり窓にブロックが投げ込まれて、劇で使うファントムの仮面で顔を隠した奴が飛び込んできたそうだ。能条は、顔は見なかったと言ってるが、だいぶもみ合ったそうだから、もしかしたら部屋に何か犯人の遺留品が——ん？　金田一お前、何やってんだ？　なんだ、その財布は……？」

「この窓の下に落ちてたんだ。たぶん、滝沢の物だと思う」

地面に散らした中身を、ゆっくりと財布の中にしまい直しながら、ハジメは言った。

「な、なんだと！　じゃあ、犯人は――」

「……ともかく、滝沢の部屋に行ってみよう」

2

「おい、滝沢！　ここを開けろ！」

剣持が、ドアを拳で叩きながら、大声をあげた。その言い方から、剣持はすでに犯人を滝沢と、なかば確信しているようである。

「おい、ドアを破るぞ。金田一、手伝え」

そう言うが早いか、剣持は一人でドアに体当たりをかましはじめた。百八十センチ以上ある剣持の当たりをまともに受けて、やわな旧式のドアロックは、ハジメの参戦を待つまでもなく、あっというまに弾け飛んだ。

「――！」

室内は、もぬけの殻だった。窓は開け放たれている。デスクの上には、いつも滝沢が持ちあるいていたワープロが、電源が入ったままで放置されていた。

「くそっ、逃がさねえぞ」

そう吐き捨てて剣持は、開け放たれた窓から、外に飛び出していってしまった。

騒ぎを聞きつけて、いつのまにか美雪や加奈井や医者の結城、それから江口ら従業員たちも集まってきていた。

続いて間久部がマスクと眼鏡で隠した顔を見せ、最後に黒沢和馬が現れたのを見とどけて、ハジメが言った。

「ファントムが出たんです」

ハジメは、机の上のワープロに近づいた。青白い光を放つ液晶ディスプレイに、文字が表示されている。

冒頭に『戯曲・オペラ座館殺人事件』と、タイトルが書かれ、『作・滝沢厚』とあった。

「これは——」

指紋をつけないように気をつかいながら、ハジメは『次ページ』と記されたキーを押した。場面が変わり、『登場人物』と記された画面が現れる。

画面には、『黒沢和馬』や『能条光三郎』といった名前が、連ねられていた。芝居か何かの、登場人物表のようだった。

死んだ『能条聖子』や『緑川由紀夫』の名前もあった。名前の下には、簡単なプロフィールが書かれている。聖子のプロフィールは、『一人目の犠牲者。ファントムに絞殺され、シャンデリアを頭上に落とされる』となっていた。

同じように、緑川のことも、『二人目の犠牲者』として紹介されていた。

能条光三郎の名前の下には、『三人目の犠牲者。部屋で刺殺され、首に縄を巻きつけられる』とあった。

そして、人物表の最後の欄は、『滝沢厚』だった。プロフィールには、『ファントムの正体。三人を殺害した犯人』と記されていた。

ハジメは、今度は矢印のキーを叩いて、画面をスクロールしていった。

青い液晶画面に、ある絶海の孤島で起きた、連続殺人事件の顚末《てんまつ》を書きつづった、劇のシナリオが展開していく。

しかし、物語は結末を見ぬまま、唐突に途切れていた。

物語の最後の一行には、こう書かれていた。

『ジョゼフ・ビュケは、首を吊られた。――P』

そして、次のページには、短いあとがきが残されていた。

『黒沢先生へ。この作品を、どうか先生の手で完成させて、先生の十番目の『オペラ座の怪人』として発表してください。愚かな弟子の最後のお願いです。――滝沢厚』

「は……ははは……こいつか、犯人は！」

血迷ったような笑い声が、間近で響いた。ハジメが、ぎょっとなって振り返ると、肩に血をにじませた能条が立っていた。

「――滝沢だったのかよ、ファントムは。ちくしょう。おれを……このおれを殺そうとしやがって。ふざけんなよ。てめえなんぞに、殺されてたまるか。はははは」

能条は、不意に喉を詰まらしたかのように笑うのをやめると、いきなり真顔になって、バイトの江口を含めた従業員たちを、一人一人食いつくように睨《にら》みながら毒づいた。

「おい、お前ら！　どいつもこいつもぼけっとしてんじゃねえよ！　さっさと捕まえろ、あのブタ野郎を！」

しかし、誰も動こうとしない。昨夜、殺人事件が起きて以来、事あるごとに口汚く他人をののしり、化けの皮が剝がれるように下劣さを剝き出しにしていった能条に、無口で実直な従業員たちも、さすがに嫌悪をあらわにしていた。

「なんだ、その目は。おれは被害者だぞ。殺されかけたんだぞ。このホテルの管理が悪いから、お前ら従業員が、いいかげんな仕事をしてやがるから、おれがこんな目に遭ったんだ。訴えてやる。この島を出たら、黒沢もお前らもまとめて――」

加奈井理央が、つかつかと能条の目の前に歩み寄る。

パン!

気持ちのいい音が響いた。

加奈井が、能条の頰を叩いたのだ。

「……な、何しやがる、この女」

「うるさいのよ、あんたは!」

たじろぐ能条に向かって、加奈井がタンカを切った。

「――いい加減に黙ったらどう? さもないと、滝沢のかわりにあたしが、あんたを殺してやるから!」

加奈井の勢いに押され、能条は黙ってしまった。

「き、金田一さん。どういうことですか、いったい。滝沢くんが、犯人なんですか？」

混乱した様子で、黒沢がハジメに尋ねた。ハジメは、その問いには答えずに、

「——ともかく、ここにいても仕方ない。食堂に集まっていましょう。オッサン——剣持警部が戻るまで待つんです。すべてはそれからです」

「そうね、そのほうがいいわ。あたし、そうする」

加奈井が、そう言って踵を返した。残る者たちも、黙って後に続いた。能条も、殺人者に襲われた余韻なのか、プライドを傷つけられた怒りからなのか、ぶるぶるとあごを震わせながら、それでも強がった様子でカーペットの上に唾を吐きかけて、部屋を出ていった。

滝沢の部屋に残って、ワープロを運ぼうとしているハジメに、美雪が尋ねた。

「ねえ、はじめちゃん。ワープロ、なんて書いてあったの？　やっぱり滝沢さんが犯人なの？」

「ざっと読んだ感じじゃ、ワープロに打たれてたのは、この事件の真相を筋書きにした、劇の台本じゃないかと思う」

「えっ!?　じゃあ、滝沢さんが犯人で、それは『自白文』ってこと？」

「これが本当に、滝沢の手によるものなら、そうなるな」

「本当にって、違うかもしれないの？」

「ああ。でも、どっちにしろ滝沢はもう生きちゃいないだろうよ」

「そ、そんな……」

「さ、おれたちも食堂に行こう。この遺書めいた告白を、もう一度ちゃんと読み直してみたいんだ。すべては、それからだ」

そう言って、ハジメはワープロの電源を切った。

3

滝沢を捜しに飛びだした剣持は、三十分もたたないうちに戻ってきた。

「滝沢がいたよ」

落伍《らくご》したマラソンランナーのように、がっくりと肩を落として、剣持は言った。

「え？〝いた〟って、捕まえなかったのか、あんた」

そう言って食ってかかった能条を振り払って、剣持は、

「捕まえるも何も、死んどったよ。裏の松の木で、首を吊ってな――」

全員、絶句した。

能条は、ヨロヨロと後ずさりして、椅子に座りこんだと思うと、喉の奥から鳩のような笑い声を漏らした。

「くっくっくっ……。そうか、死んだか。そりゃ、よかった。助かったじゃねえか、くっくっ……」

黒沢は、祈るように目を閉じて、つぶやいた。

「……ばかなことを」

「また、検死が必要ですな」

結城医師が、口元にこぼれる場違いな笑みを掌で隠して、そう言った。

江口は、なんの感情も表さずに、ただ直立不動で事の成り行きを見ている。画家の間久部青次の表情は、仰々《ぎょうぎょう》しい眼鏡とマスクに隠されて、読み取れなかった。

「ファントムは、死んだのね。ジョゼフ・ビュケのかわりに、自ら首を吊って……」

加奈井理央が、悲劇のクライマックスを演じる女優のような、沈鬱な表情で言った。

自己陶酔をあらわにした、彼女の芝居がかった言い方を嫌うように、剣持が、事務的に告げた。

「みなさん。犯人は死亡しました」

剣持は、黒い手帳を出し、

「――さて、あとは、まだ未解決である、密室殺人の件と、もう一つ、犯人と思われる滝沢厚の、第一の殺人におけるアリバイについてですが――」

「それなら、ワープロのメモリーの中にあるんじゃないかしら？」

と、加奈井。

剣持は、ハジメに目をやって、

「おい、ほんとかそれは？」

「ああ。一応ね。オッサン、読んでみてくれよ」

ハジメはそう言って、テーブルの上に置かれたワープロの電源を入れた。

滝沢の残した『遺作』が、残った全員の前で、剣持警部によって読み上げられた。

それは、自己愛にとりつかれた男の、兇気に満ちた復讐の物語だった。

滝沢は、自分の書いた台本が、能条夫婦によって、劇団理事長の手にわたることなく処分されていたことを知り、この殺人計画を企てたのだという。

自分が生み出した世紀の傑作を、駄作だと笑った能条光三郎への憎しみ、そして、そんな能条の行いを知っていながら黙認し、そのうえ「太っているから」などという訳のわからない理由で、理不尽にも自分を劇団から追い出そうとしていた能条聖子への怒りが、シナリオという形を借りて、綿々と書きつづられていた。

動機について、滝沢は、作中でセリフの形をとりながらこう語っている。

滝沢「おれは、我が子を殺された父親だ」

滝沢にとって、能条たちが捨てたシナリオは、自分の子供のようなものだった、そういう意味であろう。

彼は、この『オペラ座の怪人』の公演の話が持ち上がった時、孤島のホテルを舞台にした本物の〝殺人劇〟を、自ら演出することを思いついた。それは、密室さえ自由に出入りできるファントムが、能条夫婦を惨殺するストーリーだった。

滝沢の計画では、最初は、能条夫婦だけを殺害する予定だった。しかし、緑川に、密室殺人トリックの『タネ』を手に入れるところを見られ、脅迫されたためやむなくシナリオを書き替え、緑川を殺したのだという。

能条聖子を殺害した時に用いた密室トリックについても、解説がなされていた。

犯行の下準備は、ハジメたちが島に着いた日の朝から始まっていた。

その日、ハジメたちを迎えに行くついでに、黒沢や緑川と三人で町に買い出しに行った際、滝沢は人目を盗んで、劇場の扉にかけられているのと同じ型の南京錠を買った。この時、緑川に目撃され、それが後に緑川殺害の動機となるわけである。

そして、舞台稽古のあと、夕食までの空き時間に、能条聖子を劇場に呼び出して殺害した。この時、滝沢は、アリバイ工作のために、シャンデリアが二時間後に落下するようトリックを仕組んだ。

例の、ナイロン糸と蚊とり線香を使った仕掛けを、シャンデリアを吊っているワイヤーの巻き取りリールに施したのだ。この時限装置のトリックは、ハジメの推理したとおりのものだった。

それから、滝沢は聖子の死体を大道具の中に隠し、なにくわぬ顔で食堂に顔を出した。そして、午後七時三十分、『P』からの予告状が届く。もちろん、これも滝沢が仕組んだものである。これを見て、全員が劇場に飛んでいくだろうことは、計算ずみだった。それどころか、何ごともない舞台の様子を見て、イタズラだと思った黒沢が、怒って劇場にカギをかけてしまうだろうことも、滝沢の計算には入っていたという。

夕食が再開されると、滝沢は一人さっさと食事を終え、ワープロを取りにいくふりをして食堂を出ていく。そして、部屋からシャンデリアを吊っている装置を壊した時に使った工具を持ち出し、そっと劇場へ向かった。

この時、劇場の扉は、黒沢がかけた南京錠で閉ざされている。滝沢は、工具を使ってこの南京錠を切断し、劇場に侵入した。

そして、聖子の死体を舞台に運び上げたのち、劇場を出る際、壊した錠前の代わりに、自分が町で買ってきた、同じ型の南京錠をかけておいたのである。

やがて、時間が来てシャンデリアが落ち、その音を聞いた全員が劇場に駆けつける。そして、この時滝沢は黒沢から劇場のカギを受け取って、すばやく自分が買った南京錠のカギとすり替え、それを使って、劇場の扉を開けるわけである。

これが、滝沢の『告白』した、密室殺人のトリックであった。

そしてこのトリックは、密室の壁をすり抜ける幽霊のような怪人、『ファントム』の存在をアピールするための演出だった、と滝沢は告白していた。

しかし、南京錠を買うところを見てしまった緑川を殺害したあたりから、滝沢の計画は狂いはじめたのである。

焦った彼は、白昼、能条の部屋に押し入って、力ずくで殺そうとする。シナリオは、ここで終わっていた。

「――このあと、滝沢は能条殺害に失敗したわけだが、おそらく奴は、自分の部屋に戻ったところで、財布を能条の部屋のあたりに落としてきたことに気づいたんだろう。そこで覚悟を決めて、黒沢オーナーにあてたこの最後の遺文を残して、首を吊った。ま、そんなところか……」

剣持警部は、そう言って、ハジメの顔色をうかがった。ハジメは、視線をぼんやりと目の前のティーカップにたらして、まだ何事かを考えているようである。

「どうした、金田一。納得いかん、ってな顔をしてるな？」

「……べつに」

と知らん顔で、ハジメは、冷めた紅茶をすすった。

剣持は、少し不快そうに眉を寄せ、

「ともかく、犯人が死んだ以上、事件はこれで終わりだ」

と言って、黒い手帳を閉じた。

全員が部屋に引き上げたあとも、ハジメは食堂のテーブルに人さし指で何ごとかを書く仕種をしながら、ずっと席に座ったままだった。

ティーカップの片付けを手伝いながら、美雪が、ハジメに尋ねた。

「ねえ、はじめちゃん。さっきから、何考えてるの？」

「ああ……」

うわの空で、ハジメが相槌を打つ。

「ああ、じゃないでしょ？　人の話聞いてないんだから。もう……」

と、口を尖らせた美雪に、ハジメが言った。

「なあ、美雪、覚えてるか」

「え、何を？」

「昨日の夜、加奈井さんが言ってたことさ。ほら、滝沢のことをおれが聞いたら、嫌いだからよく知らないけど、とか言って話してくれただろ？」

「ああ、あの時の。それなら、メモがあるわよ。ほら——」

美雪は、自分の作った容疑者メモを広げて、滝沢の欄を示した。『**滝沢厚、青森出身、独身、特定の恋人なし、ナルシスト、趣味、ビデオで自分を撮ること（ブキミー！）、加奈井理央との仲は×、能条光三郎と最近ケンカしたらしい、緑川由紀夫を使い走りにしてる——**』などと、小ぎれいな字で細かく書かれている。

「——ね？」

「なるほど。だったら、やっぱおかしいぜ、こいつは……」

「え？」

「美雪、手伝え」

「な、なあに、急に……」

「滝沢の荷物をあさるんだよ」

4

「おい金田一、いったい何する気だ、滝沢の部屋なんかあさって。もう事件は終わったってのによ」

部屋に戻りほっとひと息ついたとたんに、いきなり引っ張りだされた剣持が、憮然とした顔で言った。

「終わっちゃいないさ」

ハジメは、滝沢の荷物をひっくり返しながら答えた。

「なに？　し、しかしさっきは、お前だって――」

「犯人を安心させる必要があったからね。一応、オッサンに合わせておいただけだよ」

「犯人を安心させるだと？　犯人はもう死んじまったろうが」

「滝沢なら、犯人じゃないぜ」

「な、なんだとォ!?」

「おれの考えが正しけりゃな。――美雪、どうだ、クロゼットの中は」

「ジャケットとズボンが掛かってたけど、ポケットの中は、ハンカチだけみたい」

「そうか。こっちもナシだ。どうやら間違いなさそうだぜ」

「おい、どういうこった。説明しろ、金田一」

と、剣持が尋ねると、ハジメは、

「滝沢の財布さ。あの中に、入ってなきゃならないはずのものが、なかったんだ」

「入ってなきゃならないもの？」

「ああ。滝沢なら、確実に持ってきてるはずのものさ。もしかしたら、荷物の中にあるのかもしれないと思って探したんだが、やっぱりなかったよ。おそらく犯人が持っていったんだろう」

「犯人が？　いったいなんだそりゃ？」

ハジメが、その名前を口にすると、剣持はあっと声をあげて、証拠として持っていた滝沢の財布を胸のポケットから取り出し、中をあらためた。

「うーむ……たしかにないな。おい金田一、犯人はなんのためにそんなものを……？」

「さあな」

「さあな、ってお前……そうだ、犯人は誰なんだ、それはわかってるんだろう？」

「いや、まだはっきりとはわからない」

「はっきりとは、ってことは、目星はついてるんだな？」

「ああ。さっき滝沢の『告白文』を読んだ時にね。だが、動機もわからないし、そいつが犯人だという証拠もないんだ。おまけに、アリバイ崩しから密室の謎解きから、何もかもやり直さなくちゃならない。

ともかく、犯人には、まだやり残してることがあるはずだ。それだけは確かなんだ。犯人の正体を暴くには、奴がやり残した仕事を片づけようとする、その瞬間を押さえるしか手がない。

だから、今はじっと、奴の行動に注意しながら、時がくるのを待つんだ。こっちが、奴をマークしているのを悟られないように、さりげなく。そうすれば、奴は必ず動く」

そう言いながら、ハジメは内心焦っていた。よしんば、このハジメの読みが当たって、犯人が〝仕事〟を片づけようとする現場を押さえられたとしても、動機がわからず、密室やアリバイの謎も残ったままでは、どうにもならない。狡猾な犯人のことだ、あれこれ言い訳を駆使して、まんまと罪を逃れてしまうだろう。

せめて、動機がわかれば……。

〔先入観を捨てろ。思い込みを捨てて、冷静に、〝事実〟だけを見るんだ──〕

ハジメは、自分に言い聞かせた。

そして、この『オペラ座館』を訪れてから目にした『その人物』の姿を、可能な限り思い起こそうとした。感情にだまされないように、理性で『その人物』の心情を分析しようと努めた。

〔どこかで、感じたんだ、妙な違和感を。あれは、どこだった？　くそっ、思い出せ、思い……〕

糸口は、思いもよらないところから飛びだしてきた。

「そうか、『絵』だ……」

そうつぶやいて、ハジメは椅子から跳ね上がった。

「どうした、金田一？」

と、剣持。ハジメは、その問いに答えずに言った。

「オッサン。おれは今夜いっぱいかけて、何がなんでもこの事件の真相を暴いてみせる。だから、〝奴〟が妙な行動を起こさないように、陰からそっと見張っててくれないか」

「よ、よっしゃ、お安いご用だ」

「頼むぜ、警部どの」

「おう。そのかわり、謎解きは任せたからな、金田一」

「ああ。必ず、謎は解いてみせるぜ。名探偵といわれたジッチャン――金田一耕助の名にかけて！」

ハジメは、瞳に闘志をみなぎらせて、そう宣言した。

5

間久部青次は、独りで、離れのアトリエにいた。

彼は、キャンバスに向かっている。夜の九時を回ろうとしていたが、筆を休めるつもりはなかった。このまま、夜を徹してでも、この絵を仕上げてしまうつもりだったのだ。

間久部の描きだす絵は、彼の感情そのものだった。極度のアレルギーゆえ、彼は人前にその素顔をほとんどさらさずに生きてきた。そのかわりに、彼は絵筆にすべての感情を込めることを覚えたのだ。

しかし、そんな間久部の絵画に込められる情熱が、いっきに芸術へと昇華したのは、黒沢美歌との出会いがきっかけだった。その時から、画家間久部青次の人生は、大きく変わっていき、やがて美歌の成長を描いた個展、『幻影少女』で脚光をあびることになる。

美歌の死の、数ヵ月前のことであった。

コンコン……。

不意に誰かが、アトリエのドアをノックした。

「どうぞ」

と間久部は、マスクを通してくぐもった声で返事をした。

「間久部さんですね？　金田一です。どうしてもうかがいたいことがあって。――ドア、開けてくれませんか」

ドアを開くと、息を弾ませたTシャツ姿の金田一一と七瀬美雪が立っていた。

「すみません、間久部さん、こんな遅くに。実は、あなたに聞きたいことがあって……。この事件を解決するために、どうしても必要なことなんです。中に、入れてもらえませんか」

間久部が、描きかけの絵と二人を見比べながら、しばし迷っていると、金田一は入り口から顔を突っ込んで、イーゼルに載せられている絵を見て言った。

「きれいな絵、ですね」

間久部は、何も答えずに、手招きで二人を招き入れた。

6

「動機がはっきりしたぜ、オッサン」

間久部のアトリエから戻ると、ハジメは、〝張り込み〟を続けている剣持に、そう報告した。

「本当か！」

「ああ、たぶん間違いないだろう。やっぱり、すべては四年前の黒沢美歌の自殺から始まっていたんだ。そう考えると、犯人がなぜ滝沢の財布から『あれ』を抜き取ったかも、およそ見当がつく」

「そうか、じゃあ、いよいよあとは、密室とアリバイだな」

「簡単に言ってくれるよ。明日の昼までに、この二つの謎を解かなきゃならねーんだ。しんどいぜ、こいつは」

「なーに、お前ならやれるさ、金田一。なんせ、かの名探偵の孫なんだからよ」

「チェッ……。ま、やってみるから、オッサン、劇場のカギ貸してよ」

「ああ、ほら――」

剣持は、上着のポケットに手を入れて、マスターキーの束をまさぐった。

つかみ出した鍵束から、銀色のものが二つ、ポロポロとこぼれ落ちた。

二つのうち一つが、床を転がって、ハジメの足元で止まる。拾い上げると、五百円硬貨だった。

「あれ、オッサン、この黄ばんだ五百円玉、もしかして昨日の夜の『ウノ』で、おれから奪いとった――？」

「ん？　ああ、そうだったかな。ポケットに入れっぱなしだったのか」

「キッタネーぞ。オッサンの勝ちは千円だったろーが。半分貯金箱に寄付することになってたのに、なんで丸ごとポケットに入っててんだよ」

「あー？　細かいやっちゃな、お前も。貯金箱がいっぱいで入んなかったんだ、仕方ないだろうが」

「うそつけ。からっぽだったじゃねえか」

「疑うなら、行って手に取ってみろ。硬貨がぎっしり詰まってて、ずっしりと重いからすぐわかる」

「え？　で、でもあん時見た貯金箱は、たしかにからっぽで――」

「なんだ、知らんのか、お前。あれは『お金が消える貯金箱』と言ってな――」

得意げにその仕掛けを解説する剣持の目の前で、ハジメの目の色が、みるみる変わっていく。

「それだ……」

ハジメは、つぶやいた。

「どうした、金田一……？」

「オッサン、劇場のカギをくれ」

「え……？」

「早く！」

ハジメは、剣持の手から、鍵束をひったくると、劇場に向かって駆け出していた。

劇場に入ると、ハジメは、入り口脇のスイッチで天井の電灯を点け、さらに操作室に入り込んで舞台照明までもすべて点灯させた。

それから、舞台に駆け上がって、惨劇のありさまをそのままに留めるシャンデリアの残骸に歩み寄ると、しゃがみ込んでガラスの破片をあさり始めた。

「はじめちゃん、どうしたのよ、急に……！」

と美雪は、わけもわからずにハジメのあとについて、舞台の上にのぼる。剣持も、

「何がわかったんだ？　おい、なんとか言え、金田一」

と、がなりながら、そのあとに続いた。

「やっぱりそうだったんだ。なぜ犯人がファントムを名乗り、『オペラ座の怪人』のストーリーにそった殺人を演出したのか、その理由がようやくわかったぜ」

ハジメはそう言って、砕けたガラスの破片を、ひとつかみ手に取った。

眩い舞台照明を浴びて、掌の上で宝石のようにきらめくガラスのかけらを見つめながら、ハジメはつぶやいた。

「謎は、すべてとけた」

7

翌日の朝は、あっけないほど無事に訪れた。

陰惨な事件の、終焉《しゅうえん》を物語るかのように鬱々と立ち込めていた霧も晴れ、青く高い空と照りつける太陽は、昨日までの二日間が、真夏の夜の悪夢であったかのような、そんなありふれた穏やかさに満ちていた。

朝食は、普段よりかなり遅れて、午前十時近くに始まった。

能条は食事はいらないと言って、部屋に閉じこもったままである。食堂には、剣持とハジメと美雪のほかには、結城と間久部と加奈井しかいない。たった二日の間に、三人も死者が出たのだ。

通夜のような静けさの中、最後の朝食が運ばれていく。誰も言葉を交わさず、それでいて、誰もが、口にしたいことを山ほど抱えているように思えた。

重苦しさに耐えかねて、従業員の誰かがステレオをつけた。明るい調子のモーツァルトの室内楽が流れたが、重い空気は立ち去ろうとしない。

間久部青次が、食べかけの皿にフォークとナイフをそろえて、席を立った。

美雪もハジメも、剣持でさえもさすがに食が進まない様子で、ハムエッグもソーセージも半分以上残して、もう食後のコーヒーに手をつけている。

ただ一人、結城英作だけは、いつもと変わらぬ旺盛な食欲を見せていた。

今日でアルバイトも終わりだという江口六郎が、最後の仕事になるだろう後片付けを終えて、荷物をまとめに従業員室に戻った。黒沢は、それを見送りながら、

「お疲れさま」

と言って、淋《さび》しげに笑った。

「黒沢先生！」

自室に戻ろうと食堂を出た黒沢を、加奈井理央が追ってきて言った。

「――あたし、劇団辞めます」

「え？　どういうことだね、それは」

と、黒沢。

「辞めて、このホテル手伝いたいんです」

「何をバカな……。君ほどの才能の持ち主が、そんなことをする理由がどこにある？」

「お願いします。先生のところに置いてください。今度の公演が終わったら、あたし、この島に帰ってきます。だから――」

「やめなさい。どうせこのホテルは、もう閉めることになるんだ。そんなことをしても、なんにもならんよ」

「そんな……」

「殺人事件が二度も起きたようなホテルに、誰が好きこのんで来るものか。わかるだろう。もう、ここは終わりなんだ」

「いやです。そんなの、いや……」

加奈井の大きな瞳がら、涙があふれて、雨の雫《しずく》のようにテーブルにしたたった。

「――先生が好きなんです。そばに置いてください。おねがい……」

「加奈井くん……」

黒沢の目に、驚きと戸惑いが駆け抜けた。白髪交じりの眉が、黒沢の迷いを物語るように、かすかに歪む。

黒沢の肩に、加奈井の頬が押しつけられる。黒沢は、自分の胸で子供のように嗚咽《おえつ》をもらす加奈井の背に、手をまわそうとして寸前で押しとどめた。

「加奈井くん……これは、運命なのだよ」

静かに告げて、黒沢は、両手でそっと加奈井の体を離した。

8

待ちに待った巡回船は、午後の一時にやって来た。

いつもの挨拶まわりぐらいにしか考えていなかった巡回員に、剣持警部が殺人事件のことを告げると、彼は大慌てで無線を使って応援を呼んだ。

三人の従業員を残して、黒沢も含めた全員が、警察の巡視船で陸に向かった。

事件が犯人と思われる滝沢厚の自殺をもって、一応の解決をみているとの剣持の報告もあって、地元の警察署で簡単な調書をとるだけで、全員すぐに家に帰された。

能条光三郎は、睡眠不足と空腹からくる足のふらつきをこらえながら、高田馬場の地下道を歩いていた。

朝食を抜いたのはまだしも、警察で出された軽食にも手をつけなかったし、東京に帰る電車の中でも、結局口にしたのは板チョコ一枚きりなのである。おまけに、『オペラ座館』にいた二日間というもの、不安感もあってほとんど一睡もしていないのだ。

小田原《おだわら》から新宿までの、急行に乗っていたわずかな時間で仮眠をとったというものの、疲労はピークに達している。

そんな能条が、『尾行者』に気づかないのは、当然のことだった。

能条が狭い地下道から出ると、『尾行者』は、しばらく出口に留まって十分に距離をあけ、それからさりげなく歩きはじめて、再び彼のあとをつけていく。

十分ほども歩いただろうか、能条は、白いタイル張りの小さなマンションに入っていった。警戒心は、すっかり解いていた。彼もまた、もう事件は終わったと思い込んでいたのである。

しかし、『尾行者』は、そうは思っていなかった。その『尾行者』にとって、この事件は、まだ、何も終わっていなかったのだ。

『尾行者』は、物陰から、能条がマンションに入っていったのを見届けると、自分もそっと後に続いた。足音をたてないように靴を脱いで階段を上る。そして、能条が部屋の中に消えるのを確認すると、静かにドアの前に近づいた。

『尾行者』は、じっと中の様子をうかがっている。じっと、獲物を待つハンターのように、息をひそめて……。

十分ほどが過ぎた。

ドアの向こうからカギを開ける音がして、ノブが回った。

ドアが開く。

その瞬間、『尾行者』の足が、開いたドアのすきまに押し入った。

「！　お、お前は……!?」

能条の目が、恐怖に見開かれた——。

読者への挑戦状

手がかりはすべて与えられた。金田一少年が到着した「真相」に、読者諸君もまた、たどり着いていることを期待してやまない。

犯人は誰か？　なぜ犯人は、『オペラ座の怪人』のストーリーに見立てて、犯行をおこなったのか？　そして、われらが金田一少年がつかんだ、手がかりとは……？

ヒントは滝沢の残した「遺書」の内容と、実際の事件との「矛盾」にある!!

第七幕　真相

1

「——なぜだ、なぜお前がここにいる!?」

能条が叫んだ。

「それはこっちのセリフだぜ、能条さん。なんであんたが、ここに——滝沢厚のマンションなんかにいるんだ？」

ハジメは、そう言って詰め寄ると、呆然と立ちすくむ能条の手から、小さな箱のようなものをすばやく奪い取った。８ミリビデオのテープだった。

「な、なにを……！」

テープを取り返そうとして飛びかかった能条を、ハジメの後ろから部屋に踏み込んだ剣持が、割り込むように体を押し入れて突っ返した。

剣持が踏み込んだのが合図だったかのように、美雪も、黒沢も、加奈井も、江口や間久部や結城までもが、先を争うように部屋になだれ込む。

「ど、どういうことだ、これは。そうか金田一、きさまが……」

八人に取り囲まれ、逃げ場を失った能条は、蒼白《そうはく》になりながらも、刺すような目でハジメをにらみつけた。

ハジメは、その視線を真っ向からにらみ返して言った。

「能条さん。もう一度きくぜ。なぜあんたがここにいる？　そしてなぜ、この部屋に入れた？　滝沢の部屋のカギを、なぜあんたが持っているんだ？　答えろよ、能条光三郎――いや、ファントム！」

その場にいた全員から、言葉にならない驚きと困惑のためいきが流れた。まだこの時点では、ハジメが能条を尾行した理由は、誰にも語られていなかったのだから、無理もない。

警察署で、能条が事情聴取を受ける順番になり、彼が待合室から出ていったのを見計らって、ハジメは残っている全員に、「ここから出たら、すぐに滝沢のマンションに向かってほしい」と告げた。

黒沢が理由を尋ねたが、ハジメは、「事件の本当の解決のために、どうしても必要なことだから」とだけ言って、剣持警部が劇団に問い合わせて調べた、滝沢の住所とその場所の地図のコピーを、黒沢に渡した。

黒沢も、ハジメの推理力が常人のものでないことは、よく知っている。きっと、自分たちの想像を絶する、ひとことでは説明できないような驚くべき結論を、彼は得ているのだろう——そう考えて、黙ってその指示に従うことにしたのだ。

他の全員も黒沢に同調し、携帯用の無線機を持たされて、ひと足先に東京の高田馬場にある、滝沢のマンションに向かった。

そして、数時間後、能条を尾行してきたハジメたちと連絡を取り合って合流し、こうして滝沢のマンションに踏み込んだのであった。

「能条くんがファントムだって？　どういうことですか、金田一さん。私には、何がなんだか……」

黒沢が尋ねると、ハジメは、能条を見据えたまま答えた。

「犯人は、死んだ滝沢じゃなかったんですよ、黒沢オーナー。聖子さんも緑川も、自殺したと思われていた滝沢さえも、すべて彼が殺したんです。彼こそが、この連続殺人の真犯人なんです」

「——！」

息を呑《の》む黒沢たちの反応を打ち消すように、素早く能条が言葉をはさんだ。

「何を言ってるんだ、お前は。頭がおかしいんじゃないか？　おれがファントムだと？　冗談じゃない。なんでこのおれが、聖子を殺さなくちゃならない。緑川にしても滝沢にしても、おれには殺す理由なんかどこにもないだろうが」

「ほう……じゃあ、なんであんたはここにいるんだ。それに、あんたがこの部屋から持ち出そうとしてたこのビデオテープは、いったいなんなんだよ」

ハジメが問いつめると、能条は鼻で笑って答えた。

「おれと滝沢は、長いつきあいだからな。あいつのカギの隠し場所くらい、知ってるよ。それに、そのテープは、おれがあいつに貸してたものさ。島から帰ったら、返してもらうことになってたんだ」

「苦しい言い訳だな。おれは剣持警部と一緒に、ずっとあんたをつけてたけど、このマンションに入ってからのあんたは、カギの隠し場所を調べるようなことは、まったくしてなかったぜ」

「そんなの、お前が見落としただけだろうが」

「どうかな。おれはこの目で見たんだよ。あんたがこの部屋のカギを、自分の財布の中から出すところをな。そのカギは、滝沢の財布から抜き取ったものだろ、違うか？」

「それに、そのビデオテープにしてもだ。殺人事件のすぐあとに、まだ警察の家宅捜索が入る前に、どうしても取り返さなきゃならないようなビデオテープってのは、いったい何が録画されてるんだろうな？　いっちょう、この場で、そこのデッキで流してみるかい、能条さん」

「よせ！」

突然、能条は血相を変えて叫んだ。

「――きさまに、そんなことをする権利があるのか。これは、プライバシーの侵害だぞ。いいか、犯人は滝沢だ。あいつが、聖子と緑川を殺したんだ。何もかも、あいつの遺書に書かれてたとおりなんだよ。でなきゃ、劇場が密室だったことは、説明がつかないだろうが。

アリバイのことだってそうだ。あいつのほかに、誰が聖子を舞台の上に運び込めるんだよ。少なくとも、おれにはできないぜ。あの予告状を見て、全員で劇場を見に行ってからあと、おれはずっと食堂かラウンジにいたんだぞ。金田一、きさまも一緒だったろうが。

たしかにシャンデリアを落とすことは、滝沢の遺書にあったナイロン糸の仕掛けで、直接手を下さなくてもできるかもしれないぜ。でも、舞台の上に死体を運び上げるなんてことは、劇場に入って手と足を使わなきゃ、どうにもならんだろうが。何もなかった舞台の上に、一時間半あとにはたしかに死体があったんだ。その間一分たりとも席をはずしてないこのおれに、どうやったら死体を運ぶなんてまねができる？　まさか、遠隔操作で死体を生き返らせて、自分で歩いて舞台の上にあがらせたなんて言いだすんじゃないだろうな？」

堰《せき》を切ったようにまくしたてる能条の表情には、あきらかに焦りの色が浮かんでいた。ハジメは、能条に言いたいことをすべて言わせてから、ひと呼吸おいて、落ちついた様子でぽつりと言った。

「——死体は、最初から舞台の上にあったんだよ」

2

「な、なんだと……？」

能条は、声をうわずらせた。整った眉が歪む。それを見て、ハジメは、自分のひとことが、能条の自信の一角を突き崩したことを確信した。

一瞬の沈黙。

その間に、ハジメの頭脳は、鉄のように強固な能条の精神を追い込むためには、どんな論理が有効かを素早く計算し、的確な答えを弾き出していた。

今度は、こっちの番だ。

満を持して、追及の口火を切る。

「何度でも言ってやるよ。死体は、最初から舞台の上にあったのさ。ただ、見えなかっただけなんだ」

「どういうことですか、金田一さん。見えなかったって……」

無言のままの能条にかわって、黒沢が尋ねた。

「思い出してください、黒沢オーナー。あの最初の夕食の前、加奈井さんの皿の上に『P』からの予告状が置かれていた時のことを」

「え、ええ、たしか、『カルロッタは、劇場でシャンデリアの下敷きになった』とか書かれていて――」

「そう。あれを読んでおれたちは、てっきり聖子さんの身に何かあったんだと思って、劇場に駆けつけたんだ。しかし、シャンデリアはちゃんとぶらさがっていたし、舞台の上には何もなかった。それを見た能条が、大声で、すべて聖子さんの悪ふざけだと決めつけて、夕食に戻ろうと言った。そうでしたね？」

「そうよ。たしかにそんなやり取りがあったわ。覚えてる」

と、加奈井。ハジメは、その加奈井に向かって尋ねた。

「じゃあ、加奈井さん。あの時、劇場の明かりが点いた時のことを思い出してください。まず、何が目に入りましたか」

「もちろん、あの大きいシャンデリアよ。なんだ、落ちてないじゃない、って……」

「そう。おれもそう思いました。みんなそう思ったはずです。『シャンデリアは落ちてない。あの予告状は嘘だ』と、その瞬間だれもが結論を出していた。だから、舞台の上の様子などろくに確かめようともせずに、その場を立ち去ってしまった」

「ちょっと待てよ。確かめたじゃないか。ねえ、そうでしょう、警部さん。あんたも見たはずだぜ。舞台の上に何もないことは、いくら薄暗い劇場の明かりでも、はっきりわかったぜ。そうだろ？」

能条が、口をはさんだ。

「あ、ああ。たしかに、舞台の上には何もなかったな」

剣持は、しぶしぶ同意した。

「いや、あったんだよ。ただ見えないように細工されていただけなんだ」

と、ハジメ。能条は、あざ笑うように言った。

「ば……馬鹿馬鹿しい。いくら劇場が暗くても、あれだけの数の人間の目が、そう簡単にごまかせるもんかってんだ。それとも、透明になる薬でも塗ったってのかよ」

「ところが、案外あてにならないもんなのさ、人間の目っていうやつは。現におれたちは、もっと明るい『オペラ座館』のラウンジでも、まったく同じ間違いを犯してたんだからね」

「なに？」

「これを見てくれ」

と、ハジメはボストンバッグを開けて、四角い箱のようなものを取り出した。

箱は、サイコロを大きくしたような直方体で、プラスチックでできている。ただ、一面だけは透明なガラスがはめられていて、中がよく見えた。

そして、不思議なことに、透《す》けている箱の真ん中あたりに、２センチ角のサイコロ状のものが、宙に浮かんでいるように見えるのだ。

「――これ、覚えてるかい」

「あ、それ、『ウノ』やった時の……」

と、美雪。

「そう。募金を入れようってことになってた、貯金箱さ。あの時、おれはこの貯金箱が、からっぽだと思った。今だってほら――」

ハジメは、そう言って貯金箱を目の高さにかざして見せた。たしかに、中はからだった。誰の目にも、そう〝見え〟た。

「ところが――」

と、ハジメは貯金箱を、軽く振って見せた。すると、からなはずの箱の中から、カチャカチャと、コインがぶつかりあう音が聞こえたのだ。

「――こういう具合に、中にはちゃんと、お金が入ってるんだ」

「へえーっ、面白ーい。どういう仕掛けなの、それ」

と、加奈井がきくと、ハジメは答えた。

「鏡を使ったトリックだよ。これは、『鏡箱《かがみばこ》』っていってね。箱の中に手前上部から奥の下部に向かって、対角線上に鏡が張ってあるだけなんだ。お金は、鏡の向こう側の箱の上半分に入る仕掛けさ」

「鏡？　それだけなの？」

「ああ。それだけさ。人間の目は、奥行きとか立体感を判別できるように作られてる。だから絵や写真と、実物を間違えないで見分けられるわけだ。ところが、鏡は、その奥行きや立体感まで、そっくり映し出す。鏡の中に見える奥行きは、本当は虚像なんだけど、おれたちはこうやって、簡単にだまされちまうってわけさ」

「でも、そんなものとこの事件と、どういう関係があるんだ、金田一」

剣持が尋ねた。

「大ありなんだよ、オッサン。金が入ってるのに、入ってないように見える。そこにあるはずのものが、目に入らない。――この『鏡箱』の原理を利用して、能条は、舞台の上に最初から置かれていた聖子さんの死体を、おれたちの視界から、みごとに消してみせたんだ。

探偵だったジッチャンは、昔、おれによくマジックのタネを教えてくれたんだけど、その中の一つに、これと同じ原理で、鏡を使って人間の体や、大きいものでは象までも消してみせるっていう魔術があった。

仕掛けはいたって簡単さ。舞台の周囲三方を、同じ色柄のカーテンで囲む。そして、舞台脇のカーテンと45度の角度になるように、消したいものの前に鏡を置いてやるだけでいい。

そうすると、鏡に映った舞台脇のカーテンが、客席からは舞台の後ろのカーテンのように見える。しかも、奥行きや立体感もちゃんと再現されるから、舞台を見てる観客からは、鏡の向こう側にあるものが、消えたように見えるんだ。

さらに、鏡を二枚使って、90度のくの字形に合わせて、消したいものの前に置くと、鏡の切れ目が目立たなくてすむ。鏡の切れ目や合わせ目を紛らす、柱とか鉄格子みたいなものがあれば、完璧さ」

「鉄格子！　まさか――」

と、黒沢。ハジメは、うなずいた。

「そうですよ、オーナー。あの、舞台の前に下りていた、鉄格子に似せた地引き網も、このトリックの成功にひと役買ってたってわけです」

「なんということだ……」

「おい、金田一、ちょっと待て」

と、剣持が口をはさむ。

「――お前の言ったやり方で、鏡を使って死体を消すことはできても、その鏡はどうなる。このままじゃ、舞台の上に残っちまうんじゃないのか？」

「おいおい、まだわかんないのかよ。ほんとに鈍いオッサンだぜ」

「なんだと？」

と剣持は、ムッとした顔で言った。

「いいか、オッサン。犯人がなぜ、『オペラ座の怪人』に見立てて、死体の上にシャンデリアを落としてみせたか、その答えがここにあるんだ」

「あ！　じゃあまさか……？」

「やっとわかったかい。シャンデリアは、死体を押しつぶすために落とされたんじゃなかったんだよ。舞台の上に残っている鏡を、始末するために落とされたんだ」

「な、なんてこった……」

「あんなばかでかいシャンデリアが落ちれば、鏡なんか一発で粉々だ。あのシャンデリアには、ガラスもたくさん使われてるし、おまけにミラーボールまでついてた。鏡の破片を隠すには、おあつらえ向きだろ。『木の葉を隠すなら、森に隠せ』ってやつさ。

　おれは、このことに気づいてすぐ、舞台の上のシャンデリアの残骸を調べてみた。思ったとおりだったよ。膨大な量のガラスの破片にまじって、かなりの数の鏡の破片らしきものが見つかった。どれも小さな破片ばっかりだったところをみると、もしかしたら車のフロントガラスとかに使うガラスか何かで作った、特注の鏡だったんじゃないかな」

「強化ガラスか！　なるほどあれなら、一ヵ所が割れると全体に細かくヒビが入って、大きい破片は残らんからな。シャンデリアの一部にしか見えんぞ。うーむ、気づかんかった……」

剣持は、しきりにうなりながら言った。

「能条はもちろん、あの『オペラ座館』でかつて、『オペラ座の怪人』のストーリーに見立てた殺人が起きたことも知っていた。同じ場所で、同じように『オペラ座の怪人』の舞台が行われようとしている。そこで、役者が劇中の役柄どおりにシャンデリアの下敷きになっていれば、誰だって、『これは劇のストーリーを真似た殺人だ』としか思わない。シャンデリアを落とした本当の目的、『死体を隠していた鏡を始末すること』には、頭がまわらないってわけさ」

「はじめちゃん、じゃあ、緑川さんが給水槽に投げ込まれてたのも、そのためなの？」

と、美雪が尋ねた。

「ああ。二人目も『オペラ座の怪人』のストーリーになぞらえて殺すことで、シャンデリアを落とした真の理由は、ますます目立たなくなるからね。それともう一つ、自分がやる予定だった芝居の役柄を利用して、能条自身も狙われている人間の一人であ

図3　鏡を使った死体消失トリックの図解

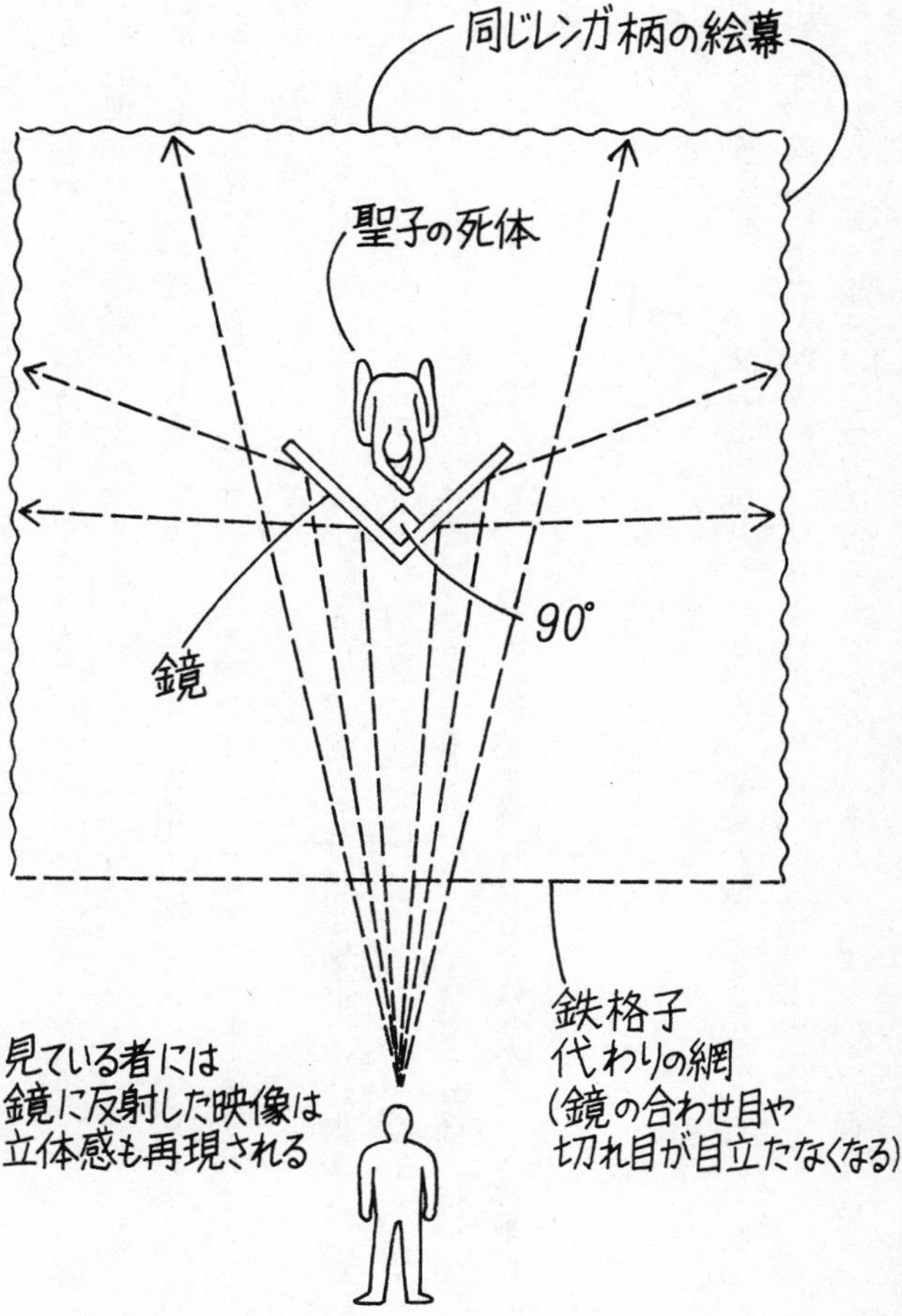

ることを、印象づける目的もあったんじゃないかな」

「能条さんの役って、シャニイ子爵のこと？」

と、美雪。ハジメは軽く首を振って、

「いや、もう一つの役のほうさ。能条は、ヒロインの相手役のシャニイ子爵以外に、もう一つファントムに絞殺されるオペラ座の道具主任、ジョゼフ・ビュケの役もあてがわれてたよな。

『P』のメッセージには、それぞれの被害者の、劇中の役柄と殺害方法が書かれていたから、『カルロッタ』と『フィリップ伯爵』が死ねば、残りは『ジョゼフ・ビュケ』——つまり能条しかない、ってことになるだろ。みんながそう考えれば、疑いの目を自分からそらすことができるし、計画を最後まで遂行するには、なにかと好都合だからね」

「うーむ、あのメッセージにまで、そんな意味が隠されてたとは……。つくづく、恐ろしい犯人だ」

剣持は、腕を組んで、深いため息をつきながら、能条の様子をうかがった。能条の表情には、濃い疲労の色が浮かんでいる以外に、目立った変化は現れていない。

それが役者である能条の演技力によるものなのか、それともまだ彼の心理状態に余裕があるからなのか、幾多の犯罪者と相対してきたベテラン刑事である剣持にも、それは読み取れなかった。

ハジメは、能条の発するこの不思議な雰囲気にも、なんのプレッシャーも感じていない様子で、淡々と語った。

「能条、あんたは夕食が始まる少し前に、聖子さんを劇場に呼び出して、首を絞めて殺した――」

能条は、呼びかけに答えようとしない。他人事《ひとごと》のように表情も変えず、ただ黙って視線を宙に泳がしている。

ハジメは、かまわずに続けた。

「――そして、すぐさま死体を舞台の上に運びあげ、鏡を衝立《ついたて》のように置いて、『鏡箱』のトリックで、劇場の入り口から死体が見えないように隠した。鏡は、おそらく、あの劇場に飾られてた抽象画の額の中にでも隠して、島に持ち込んだんだろう。死体が正座して上半身を前に伏すなんていう不自然な格好をしてたのは、この格好なら、多少鏡が小さくても、死体を隠せるからじゃないかな。

つまりこの時点から、死体は舞台に置かれてたわけで、そう考えると、死体の死後硬直が発見された時の格好のまま上半身にまで及んでた理由も、説明がつく。死体は、最初からあの格好のまま、舞台の上にあったたってわけさ。

能条はおそらく、前の日の夜中とかに、こっそりこのトリックのリハーサルをやってたんだろうよ。あの予告状の事件が起こるまでは、劇場にカギはかかってなかったし、自由に出入りできたわけだからね。

こうやって鏡のトリックの準備を終えた能条は、例のナイロン糸を使った仕掛けをセットし、九時ごろにシャンデリアが死体の上に落下するようにしておいて、なにげなく食堂に姿を現した。それから、自分で置いた『P』からのメッセージに、驚きの声をあげたってわけさ。

あとはおれたちが、『劇場の舞台の上に何もないこと』を確認してくれるのを待つだけでいい。犯人の狙いどおり、薄暗い劇場の電灯とあの網のおかげで、おれたちは死体を隠している鏡の存在にまったく気づくことなく、あの予告状を、聖子さんの子供じみたイタズラだと思い込み、劇場を立ち去ってしまったんだ。

そして、予定どおりシャンデリアは落下し、トリックのタネである鏡は粉々に砕けて、シャンデリアの残骸に紛れてしまった。何日かして、警察が乗り込んでくるまでには、『犯人役』の滝沢は、遺書を残して自殺してる。事件は解決ずみって筋書きさ。

シャンデリアを落とす時限トリックについては、いずれ暴かれることも、もちろん計算の上だった。その場合、シャンデリアが落ちた瞬間のアリバイは、無意味になってしまう。そこで今度は、『舞台の上に死体を運び上げることができた者は誰か』ってことが問題になってくる。となると、最初に劇場を見に行ってからの行動がはっきりしてる能条は、完全なアリバイが成立するって仕組みだ。

　おまけに、最後に罪を着せて殺す予定の滝沢は、食事中に席を立って、どこかに姿を消しているから、アリバイがないことになる。これもおそらく、能条の企みだろう。聖子さんの名前を使って、滝沢をどこかに呼び出したんじゃないかな。あの時、食堂に帰ってきた滝沢が不機嫌そうだったのは、聖子さんにすっぽかされたと思ったからだろうよ。

　そのあと聖子さんは死体で見つかったわけだから、滝沢が、彼女に呼び出されて会いに行ってたことを話さなかったのは、当然だ。そんなことをしたら、かえって自分が疑われちまうからね。そのことも、犯人は計算ずみだったってわけだ」

「でも、はじめちゃん。自分を呼び出した聖子さんが殺されて、滝沢さん、今度は自分も狙われるんじゃないかって思わなかったのかしら」

　と、美雪が言った。

「そりゃ、思っただろうよ。だからこそ、能条は動機やらアリバイやら、いろいろ並べて、黒沢オーナーが犯人だって、主張したんじゃないかな」

「どうして?」

「つまり、黒沢オーナーが犯人だと、みんなが思ってくれれば、本当の犯人の立場からすれば、それだけ次の犯行が、やりやすくなるからだよ。

最初の夜、夜中におれとオーナーが、廊下で立ち話をしてる時、能条が現れてさんざん悪態をついてったことがあったんだけど、それも同じ理由だろう。あの時能条は、黒沢オーナーが自分や聖子さんを憎んでいる理由を、大声でわめき散らした。ちょうど緑川の部屋の前だったから、緑川がドアを薄く開けて、その様子をうかがってたのを覚えてる。もしかしたらあれも、能条のしたたかな計算だったんじゃないかな」

「え、あれがですか? それは、いったいどういう……」

と、黒沢がきいた。

「つまり、わざと緑川に、オーナーと自分の言い合いを聞かせることで、緑川にオーナーが犯人だと思いこませようとしたってことですよ。もし緑川がそのことを、兄貴分の滝沢に報告してくれたら、滝沢もイモヅル式に術中にはめることができるかもしれないですからね。

もしかしたら、あの時すでに能条は、緑川を殺す目的で、彼の部屋に近づいたのかもしれない。そうしたら、緑川の部屋の前の廊下に、オーナーがいた。まずい、と思って隠れて様子をうかがっていたら、おれが現れて、美歌さんの話になった。そこで、この機会を利用して、緑川に『黒沢犯人説』を、芝居っけたっぷりに聞かせてやることにした。そんなところじゃないかな。

こういった細やかな心理トリックの成果かどうかは、おれにはわからないけど、ともかく緑川も滝沢も、あっさりと能条の手にかかって殺された。まあ、滝沢の場合は、まさかまっ昼間から犯人が殺しにくるとは思ってなかったんだろうけどね。

滝沢を絞殺して木に吊るしたあと、能条は、滝沢のワープロに、自分が書いた『告白文』めいた殺人劇のシナリオを、フロッピーを使って移しておいた。そして、窓から外に出て、自分の部屋の窓にコンクリートブロックを投げ込み、そこから侵入したんだ」

「なに！　じゃあ、あの騒ぎは……」

と、剣持。ハジメは、目でうなずいた。

「ああ。あれは能条の一人芝居さ。窓の下に滝沢の財布を落としておいたのも、もちろん能条だよ。窓から外に逃げたファントムを追っていけば、誰かが必ず窓の下に落ちている財布を見つける。そして、滝沢の部屋に残された『遺書』と、裏の木で首を吊っている滝沢が見つかり、事件は解決。そういうシナリオだよ。まったく、よく考えたもんだぜ」

能条は、まだ無言だった。

ハジメは、かまわずに、たたみかけるように続けた。

「――しかし、そんなあんたの計画にも、ちょっとした計算違いがあった。最初の『聖子殺し』の時、黒沢オーナーが、あの予告状をイタズラだと思い、腹を立てて劇場にカギをかけてしまったんだ。そのせいで、あの劇場は密室になってしまった。犯人さえも予想しなかったこの偶然が、不可思議な密室殺人を生み出してしまったんだよ」

3

「――能条は、この偶然が生んだ『密室殺人』を、自ら解決しなくてはならなくなった。そして、考えに考えた末に思いついたのが、あの滝沢の『遺書』にあった『カギのすり替えトリック』だったんだ」

「なに？　じゃあ、あの滝沢のワープロに残ってた『台本』も全部、能条が書いたっていうのか？」

剣持が問うと、ハジメは、能条の目から視線をはずさずに答えた。

「もちろんそうだよ。そこにある能条のボストンバッグを開けてみろよ。きっと、滝沢が持ってたのと同じ型のワープロが入ってるはずだぜ」

「なにぃ？」

剣持は、能条の足元にある、大きなボストンを拾い上げ、中身をあらためた。

能条は、抵抗ひとつせず、自分のバッグを勝手に開けている剣持に目もくれないで、ただじっとハジメを見つめている。

「本当だ。見ろ、たしかにあったぞ」

と、剣持は、滝沢のものと同じA４サイズの携帯用ワープロを、バッグから取り出して、高々とかざしてみせた。

「滝沢のあの遺書めいた『台本』は、それを使って能条が書いたものだったんだよ。何日もかけて、じっくりと練り上げながらね。そうだろ、能条さん」

能条は、返事をしない。が、その沈黙が、かえって真実を雄弁に語っているように、ハジメには思えた。

ハジメは、答えを待たずに続ける。

「しかし、最初の殺人で、早くもあんたの書いた殺人劇のシナリオは、変更を余儀なくされた。黒沢オーナーが、劇場に南京錠をかけてしまったことでね。

あんたは、さぞかし慌てたことだろう。密室殺人なんてものは、被害者の自殺を偽装するか、あるいは密室を開けられる特定の人物に罪を着せるか、そういった特別の理由がないかぎり、犯人にとってなんの意味も持たない『飾りつけ』にすぎない。ただいたずらに、事件をややこしくするだけだからね。

このままでは、滝沢に罪を着せて殺す計画もメチャメチャになるし、へたをすれば事件が必要以上に長引き、警察による劇場内の徹底捜査で、例の鏡を使ったトリックまで暴かれてしまいかねない。そう思ったあんたは、必死に考えた。密室殺人を可能にするトリック。しかも、できれば滝沢一人にだけ実行可能なトリックがいい。九時にシャンデリアが落下するまでの一時間半、食事中も、『ウノ』の最中も、ずっとそのことばかり考えてたはずだ」

能条は、もう、ハジメを見ていなかった。視線が、虚空をさまよっている。その様子は、ハジメの推理のあまりにも見事な合理性に、酔いしれているようにさえ見えた。名曲の理路整然とした調べに、聴き惚れているかのように——。

凄惨な事件のクライマックスに似つかわしくない、不思議な静けさの中で、ハジメの告発は続けられた。

「しかし、頭のいいあんたはとうとう、この偶然が生んだ密室状況を解決できる『トリック』をこじつけることを思いついた。それが、あの滝沢の遺書に書かれていた『カギのすり替えトリック』だった。滝沢が、陸に買い物に出かけたという事実を利用して、同じ型の南京錠を買ってきてすり替えるという、実際には行われてもいないトリックをでっちあげたんだ。

それどころかあんたときたら、このアクシデントを利用して、『滝沢が南京錠を買うところを緑川が見ていた』なんていう、もっともらしい事実まででっちあげ、緑川殺しのための動機作りにも利用しちまった」

「うーむ、信じられん。なんちゅう、頭のいい犯人だ……」

思わず、剣持が感嘆の声をあげた。

「まったくさ。劇場にカギがかけられてからシャンデリアが落ちるまでの、たった一時間半で、ここまでよくできたストーリーを作りあげちまうんだからな。

しかし、しょせん思いつきのトリックだ。残念ながら、小さなアラがあったのさ。それが、遺書の内容と能条の行動に、わずかな矛盾を生んじまったんだよ」

「教えてくれないか、金田一くん。その矛盾ってやつを──」

長く無言だった能条が、ついに、口を開いた。意外なほどに澄んだ声だった。さきほどまでの傲慢な様子は、すっかり影をひそめている。

滝沢のマンションに忍び込んだ現場を押さえられたうえ、万全だったはずのトリックまでも次々に破られたことのショックは、その表情からは感じとれない。ただ、肩の荷をおろしたような爽快感だけを瞳に漂わせ、能条は、やんわりとハジメに視線を送った。

それは、『ファントム』の穏やかな敗北宣言だった。

ハジメは、能条の問いかけに答えた。その声もまた、これまでとはうって変わった、穏やかな声だった。

「まず最初は……」

「──最初の矛盾は、『密室』ができあがったきっかけそのものにあったんだ。滝沢の〝遺書〟には、密室殺人を演出することで、怪人ファントムの存在を表したかった、と書かれてた。でも、おれにいわせれば、あの劇場が密室になったのは、黒沢オーナーの気まぐれが生んだ偶然にすぎない。

遺書には、それも計算ずみだった、なんて書かれてたけど、気まぐれを計算に入れて、あんな手の込んだトリックを用意するってのは、ちょっと無理があったよな」

「あれは、たしかに失敗だった。考える時間がなくてね。あとで気づいて、おれもあせったよ。せめて、『たまたま起こった偶然を利用した』くらいに書いときゃよかったぜ。あれくらいは見逃してくれると思ったんだが、どうやら、甘かったようだな」

能条が、ため息まじりに言った。

ハジメは、続ける。

「それから、『カギのすり替えトリック』の解説にも、いくつか矛盾してる点があったぜ。あれには、滝沢が黒沢オーナーのところにカギを取りにいき、戻ってくる途中で自分が買ったものとすり替えた、と書かれてたよな。つまり、滝沢は自分の意志でオーナーの部屋にいったことになってるわけだけど、よく思い出してくれ、あの時、滝沢がカギを取りにいったのは――」

「あっ、そうよ、たしか能条さんが滝沢さんに、取りにいけって言ったんじゃなかったかしら!?」

加奈井が、手を叩いて言った。

「そのとおり。あれは、能条の命令だったんだ。つまり能条の頭の中には、この時すでに、『滝沢がカギをすり替えた』という偽トリックのシナリオが、できあがってたわけさ。だから、能条はあの時自分でいかず、滝沢にカギを取りにいかせたんだよ。しかし、この能条の行動は、もう一つの矛盾を生んでしまった。

おれたちが、シャンデリアの落ちる音を聞いて劇場の扉の前に駆けつけた時、その場には滝沢だけでなく緑川もいた。となると、カギを取りにいけ、という命令は、滝沢でなく緑川に向けられるほうが自然なんだ。だってそうだろ、緑川は滝沢より年下で、おまけに能条の使い走り的存在だったんだから。

あの時の能条の行動は、高校のクラブ活動で、三年が、その場に一年がいるのに二年に雑用をやらせるようなもんさ。ああいうとっさの場合は、なおのこと普段の習慣が現れるもんだし、心理的にみて、こいつはどう考えても不自然だぜ」

「は……まいったな。たいした坊やだよ、まったく。はは……ほんと、まいったぜ」

能条は、自嘲的な笑いを漏らしながら、そう言った。

「――もう一つだけ、教えてくれ、金田一くん。なぜ、おれが滝沢のカギを抜き取ったことがわかったんだ？」

「簡単なことさ。滝沢の財布に、車のキーとロッカーか何かのカギが入ってたのを見て、そこに自分の家のカギがないのはおかしいと思ったんだ。カギなんてものは、普通はまとめてキーホルダーでたばねとくもんだし、ましてや、地方出身で独身で恋人もいない、つまり〝独り暮らし〟の人間が、家のカギも持たずに長期旅行にくるなんて、どう考えてもありえないぜ。

まあ、もしかして、家のカギだけ他のところに置いてるって可能性もあったから、一応滝沢の荷物を全部ひっくり返して探したんだけど、結局出てこなかった。となると、理由は一つしかない。犯人が、『なんらかの目的』で滝沢の部屋に侵入するために盗み出した、ってことになる」

「なるほど、うかつだったぜ」

「あんたの目的は、このビデオテープだったんだな？」

「まあね。頭のいい君のことだから、そのテープの中身も、おおかた予想がついてるんだろ？」

「ああ。このテープの中身こそ、あんたが滝沢たち三人を殺した『理由』だと、おれは考えてるよ」

「……そうか。わかってたか。じゃあ降参だな。どのみち、そのテープを他人の目に晒《さら》すわけにはいかない。負けを認めるぜ、名探偵くん」

そう言って、能条は両手を開く仕種で、おどけてみせた。

「罪を認めるんだな？」

剣持が問うと、能条は言った。

「条件がある」

「なんだ、言ってみろ」

「そのテープを、誰の目にも触れさせずに始末してくれ。そうしたら、すべて話す」

「むう……。しかし、このテープは証拠品だからな。中身がなんだか確認するまでは、勝手に始末するわけには……」

躊躇《ちゅうちょ》する剣持を、激情をあらわにした目でにらみ、能条は吐き捨てた。

「それだけは、絶対に許さないぜ。そのテープの中身が、他の誰かの目に触れるようなことがあったら、おれは死んでも口を開かない。何があってもだ！」

「うーむ……」

剣持は、ハジメと目配せをしたのち、言った。

「よかろう。これは、おれが、責任を持って始末する」

「約束したぜ。――さあ、何から聞きたい？」

「動機を話してくれないか？　黒沢オーナーの前で――」

ハジメが言った。

「！……まったく、何もかもお見通しかよ」

能条は、黒沢のほうに目をやった。

黒沢は、まだハジメの真意をつかみきれない様子で、ただ黙って、能条とハジメを見比べている。

「——わかった。話そう」

と言って、能条は、彼が聖子たち三人を殺すに至った真の『動機』を、ゆっくりと語りはじめた。

4

「おれは、美歌を愛していたんだ——」

万感の思いを込めて、能条はそう言った。もはやその瞳に、かつての野心に満ちた傲慢さは、微塵《みじん》も見られなかった。

「——美歌は、おれの人生のすべてだった。その気持ちは、今も少しも変わってない。だから、あいつらを殺したんだ。あいつらのせいで自殺した、美歌の無念を晴らすために。あの、卑劣なドブネズミどもを地獄に送ってやるために、おれはこの四年間、歯を食いしばって生きてきたんだよ」

「能条くん。きみはいったい……？」

黒沢は、そう言って能条に近づこうとした。剣持が、肩をつかんで押しとどめる。

能条は、黒沢に視線を移して言った。

「先生、おれは、あなたにひどいことを言いつづけた。でも、本心からではなかったんです。本当に、これだけは謝っておきたかった。尊敬する黒沢先生を、口汚くののしってしまったことだけは――」

「き、君は、美歌を捨てたのではなかったのか……？」

「違います。信じてください、先生。おれは美歌を本気で愛してた。捨てたりするはずがありません。美歌が自殺したのは、おれが聖子に乗りかえたからなんかじゃない。美歌は、聖子に殺されたんです。あの女に――あの女の、薄汚い嫉妬のせいで、美歌は自殺したんだ！」

「能条くん……いったい何があったというんだ？　あの、美歌が自殺した四年前の夏に、君たちの間で……」

「――許してください、先生。おれは、先生を欺いていた。四年前、美歌の遺書を受け取った時からずっと――」

「美歌の遺書を、君が？　どういうことだ、それは……」

「美歌が自殺したっていう知らせを聞いたすぐあと、おれのもとに、美歌が送った遺書が届いたんです」

「ほ、本当か、それは？」

「はい……」

「なんということだ……。なぜ私に送らず、君のもとに、娘は……」

「それは……」

深く息を吸い込んで、のどの奥を震わせながら、能条は言った。

「――あまりにも、酷《むご》い内容だったからだと思います。父親には、言えなかったんだ、美歌は。とても……」

「い、いったい、どういう内容だったというんだ？　本当に、失恋を苦にして死んだんでないなら、娘は……美歌はなぜ自殺したんだ。教えてくれ、能条くん！」

黒沢は、押しとどめようとする剣持を振りきり、能条につかみかからんばかりに激しく詰め寄った。

「話してくれ、能条くん！　お願いだ！」

黒沢の訴えは、悲痛な叫びに変わった。

能条は、小さくため息をつくと、唇を嚙み締めるように顔を歪め、独り言のような抑揚のない声で言った。

「美歌は、滝沢たちに犯されたんです」

「……なんだと？」

黒沢の顔から、血の気が引いた。

「すべてあの女の、聖子の差しがねだったんです。おれと美歌が結婚できなくなるように。美歌に、自分からおれに別れ話を持ちかけさせるために、あのブタどもを……滝沢と緑川を使って、聖子のやつ、美歌を……！」

能条の全身に、熱病にとりつかれたような震えが走った。

黒沢は、身を震わせながら、ハジメの手にあるテープを見て言った。黒沢も同じだった。

「まさか、じゃあまさか、そのビデオテープは……」

「……はい。その時の様子を、滝沢の野郎、ビデオに撮りやがったんです！」

能条が言った。苦渋に満ちた、絞り出すような声だった。

「なんという……なんということだ……。そんなことを、あの連中が……」

黒沢は、うわ言のようにつぶやいた。

「美歌の遺書を読んで、そのことを知った時は、全身が震えました。悔しくて……憎くて、胸が張り裂けそうだった……。滝沢を、あいつらを、この手ですぐにでも殺してやりたかった！」

そう言った能条の震える拳に、めきめきと血管が浮き上がった。

「――でも、思いとどまったんです。うかつにそんなことをしたら、美歌のことを撮ったテープが残ってしまう。テープがどこに保管されてるか、おれにはわからなかったし、だいいちビデオテープはダビングだってできるんですから。

もし、ダビングしたものが、滝沢だけでなく、緑川や聖子の手にも残ってたとしたら、それも始末しなきゃならない。美歌の……そんな姿だけは、誰の目にも晒すわけにはいかないんだ。たとえ、警察にだって――」

そう言って、能条は剣持に目をやった。剣持は、居心地悪そうに、視線をはずした。

ハジメは、能条から奪い取ったテープを持つ手が、震えるのを感じた。自分の手にあるそれが、悪魔が吐き捨てた汚物のように、凶々《まがまが》しいものに思えたのだ。

能条は続けた。

「――おれは、憎しみを隠して、まずは聖子に近づきました。聖子に接近するのは、簡単でしたよ。もともと、美歌にそんな仕打ちをしてまで、おれの恋人になりたかった女ですからね。

美歌の自殺の知らせを聞いて、あの女は、白々しく泣き声でおれに電話をかけてきました。自分がしたことを、美歌がおれに話してから死んだんじゃないかって、気が気じゃなかったんでしょうね。

あの女を安心させてやるために、おれは、こう言ってやりました。『美歌が昨日、別れたいって言ってきたから、大ゲンカして別れたところだった』ってね。必死でした。憎しみも、悲しみも、絶対に悟られてはいけない。復讐のために、耐えなきゃって……。

そうしたら、あの女、おれを慰めたいからとか言って、おれの部屋にノコノコやってきたんです。おれは、美歌からもらったものをすべて隠して、あの女を部屋にあげました。

そして思ったんです。悪魔になろう。復讐のために、悪魔になりきろうって——。おれは、あの女に言いました。『実は、だいぶ前から美歌との間は冷えきっていたんだ』ってね。一世一代の大芝居でしたよ。おれは、あの女の誘惑に乗ってやったんです。そして、その日のうちに寝ました。殺してやりたいほど憎んでる、あの女と！

醜いけだものを抱いてる気分でした。そうするうちに、心の底から、ドロドロした、汚泥のようなものが湧き上がってきて……良心とか、希望とか、そういうキラキラしたものが、すべて薄汚くけがされていくのを感じた。おれは、はっきりと自覚しました。そう、この時おれは、復讐のためだけに生きる悪魔になったんです！」

能条の瞳が、不意に兇気をはらんだ。憎悪が、青年の美しい面立ちを、空に広がる雨雲のように浸食していく。

「――おれは、密かにテープの行方を探りはじめた。恋人を裏切って欲と野心のために金持ちの女に走った、卑劣きわまりない男を演じながら。憎しみを抱えたまま聖子と結婚し、復讐に燃えながらも滝沢や緑川に近づきました。緑川や滝沢のような愚劣な人間の『信用』を得るには、自分も愚劣になるしかなかった。だから、女子団員が辞めるたびに、自分がだまして傷つけたかのような噂を、わざと流したりもした。

その噂を耳にした滝沢は、色と欲の塊みたいな自分と、おれが同類だとでも思ったんでしょう。奴のほうから、すり寄ってきましたよ。あとは、うんとおだてて図にのせてやった。ナルシストを喜ばすくらい、簡単なことはありませんね。ベタベタと、ほめちぎるだけでいいんですから。

聖子は、滝沢とおれがつきあうのを、よく思っていなかったようです。当然ですよね。卑劣な行為を滝沢たちにやらせたのは、ほかならぬあの女なんですから。

それに、おれが劇団の女子団員に手を出してるって噂にも、聖子は神経をピリピリさせてた。おれが、美歌が死んだあとすぐに聖子と結婚したことに、不信感を抱いていたんでしょう。もしかしたら、能条光三郎という男は、愛情なんかかけらもない、金や名誉のためだけに女に近づく男なんじゃないかって、たぶんそう思ってたんでしょうよ。

おれは、聖子の前では、いい夫を演じていました。女のことでケンカになっても、つまらない噂なんか信じるなって言い張りました。毎日毎日、愛してるだの好きだだの、心にもないことを言ってもやりましたよ。

でも、あの女は、やっぱり心の底では信じちゃいなかったんだと思う。だから、生命保険にも入らず、自分の預金をすべて父親名義に書き換えたりしてたんでしょう。ま、それもおれにとっちゃ、好都合だったけど。あの女を殺した時、金目当ての犯行だなんて思われちゃ、たまりませんからね。

長い四年間でしたよ。何度もくじけそうになった。でも、おれは耐えました。自分に言い聞かせたんです。これは、〝芝居〟だって。長い、長い舞台なんだって――。

そう思い込んで毎日を過ごすうちに、おれの日常は、なんだか本当に舞台の上にいるみたいな、奇妙な感覚に支配されるようになっていきました。

何を食べても、味がしないんですよ。まるで舞台の上で食事の演技をしてるみたいにね。どんな強い酒を飲んでも、少しも酔えなかった。芝居の中で、ウイスキーのかわりに冷めた紅茶を飲んでる時みたいに……。

そう、毎日が、長くて苦しい舞台だったんです。この四年間、おれは、能条光三郎を演じていたんだ。一分一秒が、すべて演技だった。もしかしたら、眠っている間さえも。わかりますか、こんな感じ。わからないでしょうね。きっと、うそっぱちだって思ってるんでしょう？」

泣きとも笑いともつかない表情だった。

黒沢が、ぽつりと言った。

「わかるよ、能条くん。私には……」

ハジメは思った。きっと、黒沢には本当にわかるのだろう。なぜなら、彼にとっても美歌を失ってからの日々は、終わりない悲劇の舞台と同じだったはずだから。

「し、しかし、能条、緑川由紀夫はどうだったんだ？　あんな気の小さそうな男が、自分が強姦《ごうかん》したせいで自殺した黒沢美歌の元の恋人であるお前と、行動を共にしてた理由が、おれにはさっぱりわからんのだが――」

剣持が尋ねると、能条は、

「緑川は、気が小さいくせして権威主義で、救いようのないクズのような男でした。

でも、あいつらの中じゃ、いちばん普通の神経を持ってたように思います。

聖子に頼まれて、美歌にあんなことをしたのも、滝沢は半分くらいは自分の変態的性欲のためだったけど、緑川の場合は、聖子から金と将来を約束されたから、とかいう単純極まりない理由だったんじゃないですか。だから、美歌が自殺してしまったことで、少しは良心が痛むのか、おれにそれとなく近づいて、自殺の理由を美歌から聞いてるかどうか、探りを入れてきたんです。

おれが、『美歌の自殺はおれが彼女を捨てたからだ』って言ってやったら、だいぶホッとしてたようです。それからあとは、おれのことも同じ穴のムジナだと思ったのか、ベタベタとすり寄ってくるようになりました。いずれ殺されるとも知らずに、バカな男ですよ、本当に。ハッ……」

能条は、小さく笑った。自嘲ともとれる、力ない笑いだった。

「――こうやっておれは、あの三人のそばにいながら、復讐のために少しずつ、『真実』を引きずり出していきました。でもそれは、あの三人が本当に美歌の遺書にあったようなことをしたのかを、確かめるためでもあったんです。

あれを読んでもなお、おれには滝沢たちの行為が信じがたかった。人間が、本当にそこまで醜くなれるものなのか、あれはもしかしたら、舞台に立つことの緊張に耐えかねて、精神に異常をきたしてしまった美歌が見た、酷たらしい妄想なんじゃないのか——そんな思いが、どうしても断ち切れなかったからでした。しかし——」

能条の目に、突然涙があふれた。壊れた機械から、油が漏れるように、だらだらと頰をつたって落ちていく。

「しかし、真実は、おれの想像よりはるかに酷いものだったんです。おれは見てしまったんだ。この部屋で、滝沢と緑川に凌辱《りょうじょく》される、美歌の姿を！」

心の傷口から絞り出した膿《うみ》のような、悲痛な叫びだった。

5

恐ろしい静寂の中、能条が『地獄』を語っていく。

「おれは、滝沢の前では、美歌のことは、黒沢先生のコネ目当てだったと言い続けてた。もちろん、滝沢に事実を喋《しゃべ》らすためです。そのためには、愛した女のことを、侮辱したりもしたんです。

しだいに、滝沢は、おれが自分と似た者同士だと思うようになり、とうとう一ヵ月前、自分の部屋——つまりこの部屋に、おれをつれてきました。

この部屋は、見てのとおり、無数のビデオテープにあふれてる。他にも、隠し持ってるテープもあるかもしれない。

おれは、賭けに出た。緑川から、彼らが美歌をもてあそんだことを聞いた、とカマをかけたんです。そして、その時撮ったテープを見たいと頼んだ。滝沢は、しぶしぶ承知して、くり抜いた本の中から、そのテープを取り出したんだ」

能条は、そう言って、ハジメが持っているテープを指した。

「——奴は、好色な笑いを浮かべながら部屋の明かりを消し、テープの再生を始めた。今でも、はっきり覚えてる。忘れたくても忘れられないんだ。ビデオが小さなうなりをたてはじめて、そこにあるでっかいテレビ画面が、コマーシャルから灰色のノイズに変わって……美歌の……美歌の泣き顔が……アップに……ああ……」

涙と鼻水でぐしゃぐしゃになった顔を、能条は両手で覆った。嗚咽がもれる。

血走った目が、ハジメに向けられた。

「金田一くん、わかるか、その時のおれの気持ちが！

地獄だよ。地獄そのものだ。考えてみてくれ。本気で愛した女が、目の前で、もっとも軽蔑する男に汚《けが》されるんだぜ。それも、この世のものとも思えない、ケダモノじみた方法でだ！

わかるか、金田一くん!?　これだけはわからないだろうな、君にも。いや、誰にもわかりゃしないさ。あの時のおれの苦しみだけは!」

血を吐くような叫びだった。

「──その場で、滝沢を殺してやろうとも思ったさ。でも……でも我慢したんだ。ちぎれそうになるまで舌を嚙んだ。爪が掌に食い込んで血が噴き出すまで、拳を握りしめた。死ぬ思いで、耐え抜いたんだよ。わかるか、え?　この苦しみがよォ!?

ここで激情にまかせてこの男を殺したら、すぐに足がつく。そうなったら、聖子や緑川をやりそこねちまう。それに、こいつには──こいつらには、もっとふさわしい死に場所がある。美歌が眠るあの島で、美歌の前で、このドブネズミどもを、血祭りにあげてやる。そう思ったのさ!」

総毛立つような殺気が、能条の全身からほとばしり、陽炎《かげろう》のようにゆらいで消えていった。

肩で息をしながら、能条は続けた。

「──一ヵ月後に、おれたちは、『オペラ座館』で新しい劇場のオープニング・セレモニーとして、『オペラ座の怪人』を演ることになっていた。これしかないと思ったよ。殺したい人間が、一堂に会するんだからな。おれは、計画を立てはじめた。『オペラ座館殺人事件』のシナリオをね――」

いつのまにか、井戸がかれるように能条の涙は止まっていた。

「――さあ、行きましょう、警部。芝居は終わりだ。ファントムの復讐劇は、もう幕を閉じたよ。おれの一世一代の舞台は、ようやく終わったんだ」

そう言って、能条は剣持に歩みより、両手を差し出した。剣持は、小さくため息をついて手錠をかけた。

剣持に促され、戸口から出ようとするところで、振り返りざまに能条が言った。

「黒沢先生。どうでしたか、おれの演技。少しは、巧《うま》くなりましたか？」

「私もヤキがまわったものだよ。弟子の演技も見抜けないとはな」

黒沢は、ポロポロと涙を流しながら、言った。

「――能条くん。君は、馬鹿だ。それほどの才能を、なぜ自分のために使わん。なぜそこまで、美歌のためだけに……なぜ……」

能条は、かすかに笑みを浮かべて、言った。

「ありがとうございます、先生――」

古びたマンションの、外に張り出した階段の踊り場で、ハジメが、剣持にテープを渡して言った。

「オッサン。このテープ、処分してくれるんだろうな？」

「ああ。約束だからな。おれが始末書一枚書けばすむことだ」

剣持は、そう言って、テープをそのまま能条に手渡した。

「――お前の手で、始末するんだな」

能条は、軽く会釈をして、テープを受け取った。

七階の踊り場から下を覗くと、濁った川が流れていた。

能条の手から、滑り落ちるようにテープが放たれ、ゆっくりと落ちていった。

ハジメは、身を乗りだして〝それ〟を見送った。鉛色の水面に、テープが飲み込まれるのを見た時、ハジメは、数日前、岸壁の頂に『オペラ座館』を見上げた時から、永くわだかまり続けていた不吉な思いが、体から抜け出ていくのを感じた。

「さあ、能条。いこうか――」

剣持が言った。

激しく永い憎悪の日々が生み出した、凄惨な殺人事件の、静かなる幕切れだった。

エピローグ

数ヵ月後、黒沢和馬からの手紙が、ハジメのもとに届いた。

手紙によると、黒沢は、『オペラ座館』を手放し、その売却金を元手に新しい劇団を結成したとのことで、黒沢の作った新劇団の旗揚げ公演の案内が、同封されていた。

黒沢の新劇団『遊民蜂起《ゆうみんほうき》』は、かつて名声をほしいままにした大演出家の再起とあって、マスコミでも大きく取り上げられた。当然、ハジメたちが訪れた旗揚げ公演初日は、テレビ局まで押しかける盛況ぶりだった。

「すごい人ね、はじめちゃん！」

美雪が、ハジメの手を引きながら、興奮ぎみに言った。数倍のプレミアムがついたといわれる、この公演のチケットを手に入れたことが、よほど嬉《うれ》しいのだろう。

「ああ、そうだなあー……」

と、ハジメは、気の抜けたような返事をした。これから始まる舞台より、公演を見にきている有名タレントや女優たちのほうが気になるらしく、親とはぐれた子供のように目をきょろきょろさせている。

「おい、あれ、浅野ゆり子じゃん？　すっげー、やっぱスタイルいいなあ。見ろよ、あの脚！」

「ちょっと、はじめちゃん、なに見にきてるのよ！」

むっとした美雪が、ハジメの腕をひっぱった。

「わっ、とっとっ……」

バランスを崩して、よろける。

「……とっ！」

とっさにつかんだのは、誰かの柔らかい脚だった。

「あっと、すいませ……ん？　この脚は、見覚えが……」

「久しぶりね、金田一くん」

よくとおる華やかな声。見上げると、加奈井理央だった。

「加奈井さん！」

「来てくれたのね、二人とも」

「いやあー、久しぶりだなあ。相変わらず、脚長いですねえ」

ハジメが、加奈井の脚につかまったまま言うと、美雪がヒジ鉄を食らわして、

「ちょっと、はじめちゃん、いつまで触ってんのよっ！　ごめんなさい、加奈井さん、この人、ほんとデリカシーなくて……」

「いてっ！　いてーな美雪……」

「あたりまえよ」

「ふふ……」

意味ありげな笑いをもらして、加奈井はハジメに耳打ちした。

「──どう、金田一くん。あれから、美雪ちゃんとエッチした？」

「え？　な、なに言ってんすか！」

「あれ、まだなの？　ふふ、でもまあ、あせんないことね。とりあえず、近くにいられるだけでヨシとしなきゃ、ね？」

「い、いや、おれは別にあせってるわけじゃ……」

「ねえ、なあに、『まだ』とか『近くにいる』とかって……」

美雪が、けげんな顔で、ハジメを見る。ハジメは、慌てて話題を変えた。

「──あ、そういえば加奈井さん、劇団『幻想』辞めて、『遊民蜂起』に入団したん

ですよね。いやー、驚いたなあ」

「あたりまえよ。黒沢先生が、劇団作るんですもの。『幻想』なんか、なんの未練もないわ」

加奈井は、そう言って嬉しそうに微笑んだ。

「——そうそう、今日あたし、主役もらっちゃったのよ。もう、感激よ。あとで、感想聞かせてね、二人とも！」

「ええ、もちろん」

と言ったハジメの肩を、大きな柔らかい手が不意につかんだ。

「来てくれたんですね、金田一さん、七瀬さん！」

黒沢和馬だった。

黒沢の顔には、公演の準備に追われた数日間の疲れが表れてはいたが、その目は、むしろ以前より生き生きと輝いているように見えた。

「お久しぶりです。お元気そうですね、黒沢オーナー」

と、ハジメが言うと、黒沢は苦笑しながら、

「ははは。もうオーナーじゃありませんよ。あのホテルは、手放したんですから」

「あ、そうでしたね。ハハ」

「でも、オーナー、じゃなくて黒沢さん、美歌さんのお墓はどうなさったんですか?」

美雪が尋ねると、黒沢は、

「美歌の墓は、都内に移しました。青山墓地に、黒沢家の墓があるんです。今は、そこに納めてあります」

「そうですか……」

ハジメは、なぜ黒沢が、あの『オペラ座館』と縁を切ろうと決心したのかを、考えていた。その様子を見て、黒沢も何かを感じたのか、〃あの出来事〃に思いをはせるように、つぶやいた。

「——あれから、もう半年ですか」

「ええ……。そうだ、黒沢さん。能条の裁判、始まりましたよ」

「剣持警部からうかがってます。たぶん無期懲役になるだろうって——」

「でしょうね。理由はどうあれ、三人も殺したんですから——」

「金田一さん。いつか彼が、罪の償いを終えて出てきたら——」

黒沢が言った。

「——私は、彼のために舞台を演出しようと思っているんです」

「能条のためにですか？」

「ええ。これは、同情とかそんな気持ちからではないんです。私の娘のために、彼が殺人を犯したからでもない。ただ純粋に、私は演出家として彼の素晴らしい才能を必要としているんです。

彼となら、私が永く求めてやまなかった〝もの〟に、手が届くかもしれない。だから、彼が出てくるまでは、私も現役でいるつもりです。年だなんて言ってられませんよ。仕事もして、恋愛もして、感性を磨き上げて待っていなくては。能条くんに、笑われないようにね」

「黒沢さん、あなたはそのために、『オペラ座館』を手放して劇団を……？」

「半分は、そのためです。残りの半分は――」

「………」

「娘の願いを叶《かな》えてやるためです。『たくさんの人を感動させてほしい』って。それが、美歌の遺言でしたから」

そう言って微笑んだ黒沢の瞳には、力強い自信と、それを裏付ける知性の輝きがあふれていた。

「――そうだ、金田一さん。あなたがいらしたら、一つうかがおうと思ってたことがあるんです」

「は？　なんですか、それ」

「あの時、あなたは能条くんの犯行の『動機』を、知ってらしたようだった。いったい、どうしてわかったんです。何か決定的な証拠でもあったんですか？」

「そんなものありませんよ」

ハジメは言った。

「――ただ、アトリエで、間久部画伯が描いた美歌さんと能条が寄り添う絵を見た時、妙な違和感を覚えたんです」

「違和感？」

「ええ。おれたちの前で口汚く毒づいてる悪党と、あの絵の中で微笑む青年が、どうしても同一人物に思えなかったんですよ。まあ、昔の絵だからとも思って、その時はほっといたんですけどね。

でも能条が犯人かもしれないと気づいて、あらためてアトリエに足を運んで、間久部さんに、今の能条を描いた絵を見せてもらった時、なんか、わかった気がしたんです。あの悪党ぶりは、すべて彼の演技なんじゃないかってね」

「そうでしたか。間久部さんの絵で――」

「あの絵の中の能条は、男のおれの目から見ても、美しかった。間久部さんは、言ってましたよ。『これが能条くんの本当の姿だ。私の絵筆がそう言ってる』ってね。その言葉を信じた時、真相が目の前に開けたんですよ。それこそ騙《だま》し絵の仕掛けに気づいた時みたいに、事件の全く別の姿が見えてきたんです」

「うーん、なるほど。素晴らしい推理ですね」

「いや、ハハ、それほどのもんでも……。ハッハッ……」

ハジメの照れ笑いをかき消して、開幕のベルが鳴った。

「さ、お二人とも劇場に入ってください。始まりますよ」

黒沢は、ハジメと美雪を劇場に招き入れながら、言った。

「――演出・黒沢和馬、脚本・能条光三郎による歌劇、『オペラ座館殺人事件』の開幕です」

（完）

あとがき

この作品を手に取られた読者には、きっと二種類おられることでしょう。

ひとつは、もちろん、週刊少年マガジンで連載中の人気漫画『金田一少年の事件簿』の愛読者。そしてもうひとつは、まだ漫画版『金田一』を読んだことのない読者です。

漫画版『金田一』は、ご存じのとおり、「本格推理漫画」という新しいジャンルを漫画界に生み出した金字塔《きんじとう》であり、連載開始から丸二年を経た今でも、他の追随《ついずい》を許さず、この新ジャンルの頂点に君臨《くんりん》し続けています。

当然、この小説版も、マガジンの読者を主たるターゲットと想定して企画されたものです。したがって、この『オペラ座館・新たなる殺人』は、少年マガジンにおける金田一少年のデビュー作『オペラ座館殺人事件』の続編という形で書かれています。

なんだ、それじゃあ、漫画の方を読んでいない自分は、こんな本読んでも仕方がない、と思って、この本を棚に戻そうとしているあなた、ちょっと待ってください。それでは、私の苦心が、水の泡になってしまいます。なんといっても、この作品を書く上で私がいちばん苦労した点は、『金田一』を知らないあなたに、『金田一』の面白さを知ってもらうことだったんですから。

ともかく、編集サイドの注文は、厳しかった。

「まず第一に、マガジンの『金田一』愛読者を喜ばす内容にしてほしい。そのためには、漫画版で書かれている事件の続編に当たるオリジナル・ストーリーがいい。そして、漫画の面白さをそのまま生かし、なおかつ小説ならではの手法による意外性の演出、感動を盛り込んでいこう。

ただし、そうはいっても、漫画版を読んだことのない読者には意味がわからないようなものではダメ。できれば、この小説版から、新しい『金田一』フリークが生まれるようなものにしてくれ」

……勝手なことばかり言ってくれる。

かくして、漫画版同様の、厳しい原稿チェックとケンケンゴウゴウの打ち合わせを経て、七転八倒のあげく、この作品は生まれました。はたして、注文に応えられましたかどうか。その判定は、作者ではなく読者にゆだねられるべきものでありましょう。

叱咤《しった》激励《げきれい》、お待ちしております。

一九九四年八月

天樹征丸

漫画文庫版あとがき

この作品は僕にとって、初めて出版を前提に書いた長編小説だ。短編はその何年か前にとある新人賞を頂いた作品を書いていたが、四〇〇枚近い小説となると、学生時代に趣味で一度書いたことがあったくらいだ。そんな僕だったから、この作品を手がけるにあたっての意気込みは大変なものだった。気合を入れて、全体の構成とストーリー、そしていかにも本格ミステリらしいトリックを考えてワープロに向かい数十枚書き進めたのだが、読み直すうちにこれではダメだと思いなおし、いったん全てを没にした。なぜかというと、その原稿がたんなる本格ミステリ小説になっていたからだった。

『金田一少年の事件簿』は、いわずもがなだが漫画として始まった作品だ。たとえノベライズであろうとも、漫画ならではのキャラクター表現、読みやすさ、そして世界観を正しく伝えられなかったら、書いてはいけないと思ったのである。

試行錯誤《しこうさくご》のあげく思い立ったのは、視点を漫画と同じカメラ目線においてシーンを描き出していく手法だった。漫画では同じページの同じシーンにおいても、その場のいろいろなキャラクターの間を視点が飛び交うのが普通だ。対してそれまでの小説では、一シーン一視点が常識だった。その描写手法だと漫画のダイナミズムは表現できないと思って、批判されるのを覚悟で同じシーンでもかまわずに視点を入れ換えて、より映像的なカメラ目線の描写を必要に応じて持ち込んで執筆《しっぴつ》を進めていくと、読み味が漫画の金田一少年にぐっと近づいたのを感じた。この小説版第一弾が読者の圧倒的な支持を受けてベストセラーとなったのは、心がけた平易な文章や総ルビの編集努力もさることながら、カメラ目線の描写によって漫画を読むように小説を読んでもらえたということが大きかった気がする。

最近の若いライトノベルの作家の中には、当たり前のようにこのカメラ目線、一場面多視点の描写をする書き手が少なくないようだ。漫画やアニメで育った世代の作家の表現感覚は、やはり物心つく頃からそれらに親しんできた読者の心を捉え、小説をそのまま逆にコミカライズできるような新しいタイプのベストセラーが生みだされてきている。

そんな時代にこの作品が、漫画版と同じサイズ、同種の装丁《そうてい》で漫画文庫の棚に並べられるのは、作者としてはちょっと楽しみだ。ぜひ、この小説版『金田一少年の事件簿』シリーズも、漫画と同じ感覚で読み、そして楽しんでほしいと願ってやまない。

二〇一二年二月

天樹征丸

一九九四年九月　マガジンノベルス
一九九八年十月　講談社文庫
二〇一二年三月　講談社漫画文庫

|著者| 天樹征丸　東京都生まれ。漫画原作者、小説家、脚本家として多くのヒット作を手がける。「週刊少年マガジン」連載の「金田一少年の事件簿」シリーズ、『探偵学園Q』ほか、原作作品多数。小説版「金田一少年の事件簿」シリーズも執筆。

|画| さとうふみや　埼玉県生まれ。第46回週刊少年マガジン新人漫画賞に『カーリ！』で入選し、デビュー。1992年『金田一少年の事件簿』（原作：天樹征丸、金成陽三郎）が連載開始。1995年同作品で第19回講談社漫画賞（少年部門）を受賞。現在『金田一少年の事件簿30th』を「イブニング」にて連載中。

金田一少年《きんだいちしょうねん》の事件簿《じけんぼ》　小説版《しょうせつばん》
オペラ座館《ざかん》・新《あら》たなる殺人《さつじん》
天樹征丸《あまぎせいまる》　画・さとうふみや

2022年４月15日第１刷発行

講談社文庫
定価はカバーに
表示してあります

発行者――鈴木章一
発行所――株式会社　講談社
東京都文京区音羽2-12-21　〒112-8001
電話　出版（03）5395-3510
　　　販売（03）5395-5817
　　　業務（03）5395-3615
Printed in Japan

KODANSHA

デザイン―菊地信義
本文データ制作―講談社デジタル製作
印刷―――凸版印刷株式会社
製本―――株式会社国宝社

ISBN978-4-06-527654-9

講談社文庫刊行の辞

二十一世紀の到来を目睫に望みながら、われわれはいま、人類史上かつて例を見ない巨大な転換期をむかえようとしている。

世界も、日本も、激動の予兆に対する期待とおののきを内に蔵して、未知の時代に歩み入ろうとしている。このときにあたり、創業の人野間清治の「ナショナル・エデュケイター」への志を現代に甦らせようと意図して、われわれはここに古今の文芸作品はいうまでもなく、ひろく人文・社会・自然の諸科学から東西の名著を網羅する、新しい綜合文庫の発刊を決意した。

激動の転換期はまた断絶の時代である。われわれは戦後二十五年間の出版文化のありかたへの深い反省をこめて、この断絶の時代にあえて人間的な持続を求めようとする。いたずらに浮薄な商業主義のあだ花を追い求めることなく、長期にわたって良書に生命をあたえようとつとめるところにしか、今後の出版文化の真の繁栄はあり得ないと信じるからである。

同時にわれわれはこの綜合文庫の刊行を通じて、人文・社会・自然の諸科学が、結局人間の学にほかならないことを立証しようと願っている。かつて知識とは、「汝自身を知る」ことにつきていた。現代社会の瑣末な情報の氾濫のなかから、力強い知識の源泉を掘り起し、技術文明のただなかに、生きた人間の姿を復活させること。それこそわれわれの切なる希求である。

われわれは権威に盲従せず、俗流に媚びることなく、渾然一体となって日本の「草の根」をかたちづくる若く新しい世代の人々に、心をこめてこの新しい綜合文庫をおくり届けたい。それは知識の泉であるとともに感受性のふるさとであり、もっとも有機的に組織され、社会に開かれた万人のための大学をめざしている。大方の支援と協力を衷心より切望してやまない。

一九七一年七月

野間省一

講談社文庫 最新刊

輪渡颯介

髪追い

〈古道具屋 皆塵堂〉

酔った茂蔵《しげぞう》が開けてしまった祠《ほこら》の箱には、この世に怨みを残す女の長い髪が入っていた。

佐々木裕一

黄《よ》泉《み》の女

〈公家武者信平《のぶひら》ことはじめ(八)〉

獄門の刑に処された女盗賊の首が消えた!? 実在した公家武者の冒険譚、その第八弾！

岸見一郎

哲学人生問答

人生について切実な41の質問に『嫌われる勇気』の哲学者が明確な答えを出す。導きの書。

大倉崇裕

アロワナを愛した容疑者

〈警視庁いきもの係〉

10年前に海外で盗まれたアロワナが殺人現場で見つかった!? 痛快アニマル・ミステリー最新刊！

与那原恵

わたぶんぶん

〈わたしの「料理沖縄物語」〉

おなかいっぱい（わたぶんぶん）心もいっぱい。食べものが呼びおこす懐かしい思い出。

日本推理作家協会 編

2019ザ・ベストミステリーズ

選び抜かれた面白さ。「学校は死の匂い」をはじめ、9つの短編ミステリーを一気読み！

講談社タイガ

森博嗣

リアルの私はどこにいる?

〈Where Am I on the Real Side?〉

ヴァーチャルで過ごしている間に、リアルに置いてきたクラーラの肉体《ボディ》が、行方不明に。

小島環

唐《から》国《くに》の検《けん》屍《し》乙女《おとめ》

引きこもりの少女と皆から疎《うと》まれる破天荒な少年がバディに。検屍を通して事件を暴く！

なみあと

占い師オリハシの嘘

超常現象《オカルト》の正体、占いましょう。占い師の姉に代わり、推理力抜群の奏《かなで》が依頼の謎を解く！

講談社文芸文庫

大澤真幸
〈自由〉の条件
個人の自由な領域が拡大しているはずの現代社会で、閉塞感が高まるのはなぜか？　他者の存在こそ〈自由〉の本来的な構成要因と説くことにより希望は見出される。
978-4-06-513750-5
おZ1

大澤真幸
〈世界史〉の哲学 1 古代篇
解説＝山本貴光
資本主義の根源を問う著者の破天荒な試みがついに文庫化開始！　本巻では〈世界史〉におけるミステリー中のミステリー＝キリストの殺害が中心的な主題となる。
978-4-06-527683-9
おZ2

芥川龍之介　藪の中
有吉佐和子　新装版 和宮様御留
阿刀田　高　ナポレオン狂
阿刀田　高　新装版 ブラック・ジョーク大全
安房直子　春の窓〈安房直子ファンタジー〉
相沢忠洋　「岩宿」の発見〈幻の旧石器を求めて〉
赤川次郎　偶像崇拝殺人事件
赤川次郎　人間消失殺人事件
赤川次郎　三姉妹探偵団
赤川次郎　三姉妹探偵団2〈キャンパス篇〉
赤川次郎　三姉妹探偵団3〈珠美・初恋篇〉
赤川次郎　三姉妹探偵団4〈怪奇篇〉
赤川次郎　三姉妹探偵団5〈復讐篇〉
赤川次郎　三姉妹探偵団6〈危機一髪篇〉
赤川次郎　三姉妹探偵団7〈駈け落ち篇〉
赤川次郎　三姉妹探偵団8〈人質篇〉
赤川次郎　三姉妹探偵団9〈青ひげ篇〉
赤川次郎　三姉妹探偵団10〈父恋し篇〉
赤川次郎　死が小径をやってくる〈三姉妹探偵団11〉
赤川次郎　死神のお気に入り〈三姉妹探偵団12〉
赤川次郎　次女と野獣〈三姉妹探偵団13〉
赤川次郎　心地よい悪夢〈三姉妹探偵団14〉
赤川次郎　ふるえて眠れ、三姉妹〈三姉妹探偵団15〉
赤川次郎　三姉妹、呪いの道行〈三姉妹探偵団16〉
赤川次郎　三姉妹、初めてのおつかい〈三姉妹探偵団17〉
赤川次郎　恋の花咲く三姉妹〈三姉妹探偵団18〉
赤川次郎　月もおぼろに三姉妹〈三姉妹探偵団19〉
赤川次郎　三姉妹、ふしぎな旅日記〈三姉妹探偵団20〉
赤川次郎　三姉妹、清く貧しく美しく〈三姉妹探偵団21〉
赤川次郎　三姉妹と忘れじの面影〈三姉妹探偵団22〉
赤川次郎　三姉妹、舞踏会への招待〈三姉妹探偵団23〉
赤川次郎　三人姉妹殺人事件〈三姉妹探偵団24〉
赤川次郎　三姉妹、さびしい入江の歌〈三姉妹探偵団25〉
赤川次郎　静かな町の夕暮に
赤川次郎　キネマの天使〈レンズの奥の殺人者〉
新井素子　グリーン・レクイエム〈新装版〉
安能　務　訳　封神演義 全三冊
安西水丸　東京美女散歩
綾辻行人　殺人方程式〈切断された死体の問題〉
綾辻行人　鳴風荘事件 殺人方程式II
綾辻行人　十角館の殺人〈新装改訂版〉
綾辻行人　水車館の殺人〈新装改訂版〉
綾辻行人　迷路館の殺人〈新装改訂版〉
綾辻行人　人形館の殺人〈新装改訂版〉
綾辻行人　時計館の殺人〈新装改訂版〉
綾辻行人　黒猫館の殺人〈新装改訂版〉
綾辻行人　暗黒館の殺人 全四冊
綾辻行人　びっくり館の殺人
綾辻行人　奇面館の殺人(上)(下)
綾辻行人　どんどん橋、落ちた〈新装改訂版〉
綾辻行人　緋色の囁き〈新装改訂版〉
綾辻行人　暗闇の囁き〈新装改訂版〉
綾辻行人　黄昏の囁き〈新装改訂版〉
綾辻行人ほか　7人の名探偵
我孫子武丸　探偵映画
我孫子武丸　新装版 8の殺人
我孫子武丸　眠り姫とバンパイア

我孫子武丸　狼と兎のゲーム
我孫子武丸　新装版 殺戮にいたる病
有栖川有栖　ロシア紅茶の謎
有栖川有栖　スウェーデン館の謎
有栖川有栖　ブラジル蝶の謎
有栖川有栖　英国庭園の謎
有栖川有栖　ペルシャ猫の謎
有栖川有栖　幻想運河
有栖川有栖　マレー鉄道の謎
有栖川有栖　スイス時計の謎
有栖川有栖　モロッコ水晶の謎
有栖川有栖　インド倶楽部の謎
有栖川有栖　カナダ金貨の謎
有栖川有栖　新装版 マジックミラー
有栖川有栖　新装版 46番目の密室
有栖川有栖　虹果て村の秘密
有栖川有栖　闇の喇《らっ》叭《ぱ》
有栖川有栖　真夜中の探偵
有栖川有栖　論理爆弾

有栖川有栖　名探偵傑作短篇集 火村英生篇
浅田次郎　勇気凛凛ルリの色
浅田次郎　霞町物語
浅田次郎　ひとは情熱がなければ生きていけない〈勇気凛凛ルリの色〉
浅田次郎　シェエラザード(上)(下)
浅田次郎　歩兵の本領
浅田次郎　蒼穹の昴 全四巻
浅田次郎　珍妃の井戸
浅田次郎　中原の虹 全四巻
浅田次郎　マンチュリアン・リポート
浅田次郎　天《てん》子《し》蒙《もう》塵《じん》 全四巻
浅田次郎　天国までの百マイル
浅田次郎　地《メ》下《ト》鉄《ロ》に乗って〈新装版〉
浅田次郎　おもかげ
浅田次郎　日輪の遺産〈新装版〉
青木玉　小石川の家
阿部和重　アメリカの夜
阿部和重　グランド・フィナーレ
阿部和重　A B C〈阿部和重初期作品集〉

阿部和重　ミステリアスセッティング
阿部和重　IP/NN 阿部和重傑作集
阿部和重　シンセミア(上)(下)
阿部和重　ピストルズ(上)(下)
甘糟りり子　産む、産まない、産めない
甘糟りり子　産まなくても、産めなくても
赤井三尋　翳《かげ》りゆく夏
あさのあつこ　NO.6〔ナンバーシックス〕#1
あさのあつこ　NO.6〔ナンバーシックス〕#2
あさのあつこ　NO.6〔ナンバーシックス〕#3
あさのあつこ　NO.6〔ナンバーシックス〕#4
あさのあつこ　NO.6〔ナンバーシックス〕#5
あさのあつこ　NO.6〔ナンバーシックス〕#6
あさのあつこ　NO.6〔ナンバーシックス〕#7
あさのあつこ　NO.6〔ナンバーシックス〕#8
あさのあつこ　NO.6〔ナンバーシックス〕#9
あさのあつこ　NO.6beyond〔ナンバーシックス・ビヨンド〕
あさのあつこ　待ってる〈橘屋草子〉
あさのあつこ　さいとう市立さいとう高校野球部(上)(下)

あさのあつこ　〈さいとう市立さいとう高校野球部〉甲子園でエースしちゃいました
あさのあつこ　おれが先輩？〈さいとう市立さいとう高校野球部〉
阿部夏丸　泣けない魚たち
朝倉かすみ　肝、焼ける
朝倉かすみ　好かれようとしない
朝倉かすみ　ともしびマーケット
朝倉かすみ　感応連鎖
朝倉かすみ　たそがれどきに見つけたもの
朝比奈あすか　憂鬱なハスビーン
朝比奈あすか　あの子が欲しい
天野作市　気高き昼寝
天野作市　みんなの旅行
青柳碧人　浜村渚の計算ノート
青柳碧人　浜村渚の計算ノート　2さつめ〈ふしぎの国の期末テスト〉
青柳碧人　浜村渚の計算ノート　3さつめ〈水色コンパスと恋する幾何学〉
青柳碧人　浜村渚の計算ノート　3と1/2さつめ〈ふえるま島の最終定理〉
青柳碧人　浜村渚の計算ノート　4さつめ〈方程式は歌声に乗って〉
青柳碧人　浜村渚の計算ノート　5さつめ〈鳴くよウグイス、平面上〉
青柳碧人　浜村渚の計算ノート　6さつめ〈パピルスよ、永遠に〉
青柳碧人　浜村渚の計算ノート　7さつめ〈悪魔とポタージュスープ〉
青柳碧人　浜村渚の計算ノート　8さつめ〈虚数じかけの夏みかん〉
青柳碧人　浜村渚の計算ノート　8と2分の1さつめ〈つるかめ家の一族〉
青柳碧人　浜村渚の計算ノート　9さつめ〈恋人たちの必勝法《マーチンゲール》〉
青柳碧人　霊視刑事夕雨子《ゆうこ》1〈誰かがそこにいる〉
青柳碧人　霊視刑事夕雨子2〈雨空の鎮魂歌《レクイエム》〉
朝井まかて　花《はな》競《くら》べ〈向嶋なずな屋繁盛記〉
朝井まかて　ちゃんちゃら
朝井まかて　すかたん
朝井まかて　ぬけまいる
朝井まかて　恋歌
朝井まかて　阿《お》蘭《らん》陀《だ》西《さい》鶴《かく》
朝井まかて　藪医《やぶい》ふらここ堂
朝井まかて　福袋
朝井まかて　草々不一
歩《あゆみ》りえこ　ブラを捨て旅に出よう〈貧乏乙女の“世界一周”旅行記〉
安藤祐介　営業零課《ぜろか》接待班
安藤祐介　被取締役《とりしまられやく》新入社員
安藤祐介　おい！山田〈大翔製菓広報宣伝部〉
安藤祐介　宝くじが当たったら
安藤祐介　一〇〇〇ヘクトパスカル
安藤祐介　テノヒラ幕府株式会社
安藤祐介　本のエンドロール
青木理　絞首刑
麻見和史　石の繭〈警視庁殺人分析班〉
麻見和史　蟻《あり》の階段〈警視庁殺人分析班〉
麻見和史　水晶の鼓動〈警視庁殺人分析班〉
麻見和史　虚空の糸〈警視庁殺人分析班〉
麻見和史　聖者の凶数〈警視庁殺人分析班〉
麻見和史　女神の骨格〈警視庁殺人分析班〉
麻見和史　蝶の力学〈警視庁殺人分析班〉
麻見和史　雨色の仔羊〈警視庁殺人分析班〉
麻見和史　奈落の偶像〈警視庁殺人分析班〉
麻見和史　鷹《たか》の砦《とりで》〈警視庁殺人分析班〉
麻見和史　凪《なぎ》の残響〈警視庁殺人分析班〉
麻見和史　天空の鏡〈警視庁殺人分析班〉
麻見和史　深紅の断片〈警防課救命チーム〉
麻見和史　邪神の天秤〈警視庁公安分析班〉

麻見和史　偽神の審判〈警視庁公安分析班〉
有川　浩　三匹のおっさん
有川　浩　三匹のおっさん　ふたたび
有川　浩　ヒア・カムズ・ザ・サン
有川　浩　旅猫リポート
有川ひろ　アンマーとぼくら
有川ひろ ほか　ニャンニャンにゃんそろじー
荒崎一海　門前仲町〈九頭竜覚山　浮世綴(一)〉
荒崎一海　蓬萊橋雨景〈九頭竜覚山　浮世綴(二)〉
荒崎一海　寺町哀感〈九頭竜覚山　浮世綴(三)〉
荒崎一海　小《お》名《な》木《き》川《がわ》〈九頭竜覚山　浮世綴(四)〉
荒崎一海　一色町雪花〈九頭竜覚山　浮世綴(五)〉
朱野帰《かえる》子《こ》　駅物語
朱野帰子　対岸の家事
東　浩紀　一般意志2・0〈ルソー、フロイト、グーグル〉
朝倉宏景　白球アフロ
朝倉宏景　野球部ひとり
朝倉宏景　つよく結べ、ポニーテール
朝倉宏景　あめつちのうた

朝井リョウ　スペードの3
朝井リョウ　世にも奇妙な君物語
有沢ゆう希／末次由紀 原作　〈小説〉ちはやふる　上の句
有沢ゆう希／末次由紀 原作　〈小説〉ちはやふる　下の句
有沢ゆう希／末次由紀 原作　〈小説〉ちはやふる　結び
有沢ゆう希　小説　パーフェクトワールド〈君といる奇跡〉
有沢ゆう希／原作：金田一蓮十郎／脚本：徳永友一　小説　ライアー×ライアー
秋川滝美　幸《こう》腹《ふく》な百貨店
秋川滝美　幸腹な百貨店〈デパ地下おにぎり騒動〉
秋川滝美　幸腹な百貨店〈催事場で蕎麦屋呑み〉
秋川滝美　マチのお気楽料理教室
赤神　諒　神遊の城
赤神　諒　大友二階崩れ
赤神　諒　大友落月記
赤神　諒　酔象の流儀　朝倉盛衰記
赤神　諒　空《うつせ》貝《がい》〈村上水軍の神姫《しんき》〉
彩瀬まる　やがて海へと届く
浅生　鴨　伴走者
天野純希　有楽斎の戦

天野純希　雑賀《さいか》のいくさ姫《ひめ》
青木祐子　コーチ！〈はげまし屋・立花ことりのクライアントファイル〉
秋《あき》保《う》水《すい》菓《か》　コンビニなしでは生きられない
相沢沙呼　medium《メディウム》　霊媒探偵城塚《じょうづか》翡翠《ひすい》
新井見枝香　本屋の新井
碧野　圭　凛として弓を引く
五木寛之　ソフィアの秋
五木寛之　狼のブルース
五木寛之　海峡物語
五木寛之　風花のひと
五木寛之　鳥の歌(上)(下)
五木寛之　燃える秋
五木寛之　真夜中の望遠鏡〈流されゆく日々'78〉
五木寛之　ナホトカ青春航路〈流されゆく日々'79〉
五木寛之　旅の幻燈
五木寛之　他力
五木寛之　こころの天気図
五木寛之　新装版　恋歌
五木寛之　百寺巡礼　第一巻　奈良

講談社文庫 目録

五木寛之 百寺巡礼 第二巻 北陸
五木寛之 百寺巡礼 第三巻 京都Ⅰ
五木寛之 百寺巡礼 第四巻 滋賀・東海
五木寛之 百寺巡礼 第五巻 関東・信州
五木寛之 百寺巡礼 第六巻 関西
五木寛之 百寺巡礼 第七巻 東北
五木寛之 百寺巡礼 第八巻 山陰・山陽
五木寛之 百寺巡礼 第九巻 京都Ⅱ
五木寛之 百寺巡礼 第十巻 四国・九州
五木寛之 海外版 百寺巡礼 インド1
五木寛之 海外版 百寺巡礼 インド2
五木寛之 海外版 百寺巡礼 朝鮮半島
五木寛之 海外版 百寺巡礼 中国
五木寛之 海外版 百寺巡礼 ブータン
五木寛之 海外版 百寺巡礼 日本・アメリカ
五木寛之 青春の門 第七部 挑戦篇
五木寛之 青春の門 第八部 風雲篇
五木寛之 青春の門 第九部 漂流篇
五木寛之 親鸞 青春篇 (上)(下)

五木寛之 親鸞 激動篇 (上)(下)
五木寛之 親鸞 完結篇 (上)(下)
五木寛之 五木寛之の金沢さんぽ
五木寛之 海を見ていたジョニー 新装版
井上ひさし モッキンポット師の後始末
井上ひさし ナ イ ン
井上ひさし 四千万歩の男 全五冊
井上ひさし 四千万歩の男 忠敬の生き方
井上ひさし 司馬遼太郎 新装版 国家・宗教・日本人
池波正太郎 私 の 歳 月
池波正太郎 よい匂いのする一夜
池波正太郎 梅安料理ごよみ
池波正太郎 わが家の夕めし
池波正太郎 新装版 緑のオリンピア
池波正太郎 新装版 殺しの四人〈仕掛人・藤枝梅安(一)〉
池波正太郎 新装版 梅安蟻地獄〈仕掛人・藤枝梅安(二)〉
池波正太郎 新装版 梅安最合傘〈仕掛人・藤枝梅安(三)〉
池波正太郎 新装版 梅安針供養〈仕掛人・藤枝梅安(四)〉
池波正太郎 新装版 梅安乱れ雲〈仕掛人・藤枝梅安(五)〉

池波正太郎 新装版 梅安影法師〈仕掛人・藤枝梅安(六)〉
池波正太郎 新装版 梅安冬時雨〈仕掛人・藤枝梅安(七)〉
池波正太郎 新装版 忍びの女 (上)(下)
池波正太郎 新装版 殺しの掟
池波正太郎 新装版 抜討ち半九郎
池波正太郎 新装版 娼婦の眼
池波正太郎 近藤勇白書〈レジェンド歴史時代小説〉(上)(下)
井上 靖 楊貴妃伝
石牟礼道子 新装版 苦《く》海《がい》浄《じょう》土《ど》〈わが水俣病〉
いわさきちひろ ちひろのことば
いわさきちひろ 松本 猛 いわさきちひろの絵と心
いわさきちひろ 絵本美術館編 ちひろ・子どもの情景〈文庫ギャラリー〉
いわさきちひろ 絵本美術館編 ちひろ・紫のメッセージ〈文庫ギャラリー〉
いわさきちひろ 絵本美術館編 ちひろの花ことば〈文庫ギャラリー〉
いわさきちひろ 絵本美術館編 ちひろのアンデルセン〈文庫ギャラリー〉
いわさきちひろ 絵本美術館編 ちひろ・平和への願い〈文庫ギャラリー〉
石野径一郎 新装版 ひめゆりの塔
今西錦司 生物の世界
井沢元彦 義経幻殺録

井沢元彦　光と影の武蔵〈切支丹秘録〉
井沢元彦　新装版 猿丸幻視行
伊集院 静　乳房
伊集院 静　遠い昨日
伊集院 静　夢は枯野を〈競輪躁鬱旅行〉
伊集院 静　野球で学んだこと ヒデキ君に教わったこと
伊集院 静　峠の声
伊集院 静　白秋
伊集院 静　潮流
伊集院 静　冬の蜻蛉《とんぼ》
伊集院 静　オルゴール
伊集院 静　昨日スケッチ
伊集院 静　あづま橋
伊集院 静　ぼくのボールが君に届けば
伊集院 静　駅までの道をおしえて
伊集院 静　受け月〈野球小説アンソロジー〉
伊集院 静　坂の上のμ
伊集院 静　ねむりねこ
伊集院 静　新装版 三年坂
伊集院 静　お父やんとオジさん(上)(下)
伊集院 静　ノボさん〈小説 正岡子規と夏目漱石〉(上)(下)
伊集院 静　機関車先生〈新装版〉
いとうせいこう　我々の恋愛
いとうせいこう　「国境なき医師団」を見に行く
井上夢人　ダレカガナカニイル…
井上夢人　プラスティック
井上夢人　オルファクトグラム(上)(下)
井上夢人　もつれっぱなし
井上夢人　あわせ鏡に飛び込んで
井上夢人　魔法使いの弟子たち(上)(下)
井上夢人　ラバー・ソウル
池井戸 潤　果つる底なき
池井戸 潤　架空通貨
池井戸 潤　銀行狐
池井戸 潤　仇敵
池井戸 潤　B T'63(上)(下)
池井戸 潤　空飛ぶタイヤ(上)(下)
池井戸 潤　鉄の骨
池井戸 潤　新装版 銀行総務特命
池井戸 潤　新装版 不祥事
池井戸 潤　ルーズヴェルト・ゲーム
池井戸 潤　半沢直樹1〈オレたちバブル入行組〉
池井戸 潤　半沢直樹2〈オレたち花のバブル組〉
池井戸 潤　半沢直樹3〈ロスジェネの逆襲〉
池井戸 潤　半沢直樹4〈銀翼のイカロス〉
池井戸 潤　花咲舞が黙ってない〈新装増補版〉
石田衣良　LAST[ラスト]
石田衣良　東京DOLL
石田衣良　てのひらの迷路
石田衣良　40《フォーティ》 翼ふたたび
石田衣良　s e x
石田衣良　逆《さか》島《しま》断《たつ》雄《お》〈進駐官養成高校の決闘編1〉
石田衣良　逆島断雄〈進駐官養成高校の決闘編2〉
石田衣良　逆島断雄〈本土最終防衛決戦編1〉
石田衣良　逆島断雄〈本土最終防衛決戦編2〉
石田衣良　初めて彼を買った日
井上荒野　ひどい感じ—父・井上光晴

講談社文庫 目録

稲葉 稔 椋鳥の影〈八丁堀手控え帖〉
伊坂幸太郎 チルドレン
伊坂幸太郎 魔王
伊坂幸太郎 モダンタイムス(上)(下)
伊坂幸太郎 PK
伊坂幸太郎 サブマリン
絲山秋子 袋小路の男
石黒 耀 死都日本
石黒 耀 忠臣蔵異聞〈家老 大野九郎兵衛の長い仇討ち〉
犬飼六岐 筋違い半介
犬飼六岐 吉岡清三郎貸腕帳
石川大我 ボクの彼氏はどこにいる?
石松宏章 マジでガチなボランティア
伊東 潤 国を蹴った男
伊東 潤 峠越え
伊東 潤 黎明に起《た》つ
伊東 潤 池田屋乱刃
石飛幸三 「平穏死」のすすめ〈口から食べられなくなったらどうしますか〉
伊藤理佐 女のはしょり道
伊藤理佐 また! 女のはしょり道
伊藤理佐 みたび! 女のはしょり道
石黒正数 外《げ》天《てん》楼《ろう》
伊与原 新 ルカの方《はこ》舟《ぶね》
伊与原 新 コンタミ 科学汚染
稲葉圭《よし》昭《あき》 恥さらし〈北海道警 悪徳刑事の告白〉
稲葉博《ひろ》一《いち》 忍者烈伝
稲葉博一 忍者烈伝ノ続
稲葉博一 忍者烈伝ノ乱〈天之巻〉〈地之巻〉
伊岡 瞬 桜の花が散る前に
石川智健 エウレカの確率〈経済学捜査と殺人の効用〉
石川智健 60《ロクジュウ》〈誤判対策室〉
石川智健 20《ニジュウ》〈誤判対策室〉
石川智健 第三者隠蔽機関
石川智健 いたずらにモテる刑事の捜査報告書
井上真《ま》偽《ぎ》 その可能性はすでに考えた
井上真偽 聖女の毒杯〈その可能性はすでに考えた〉
井上真偽 恋と禁忌の述語論理《プレディケット》
泉 ゆたか お師匠さま、整いました!
伊兼源太郎 地検のS
伊兼源太郎 巨悪
逸木 裕 電気じかけのクジラは歌う
今村翔吾 イクサガミ 天
入月英一 信長と征《ゆ》く 1・2〈転生商人の天下取り〉
内田康夫 シーラカンス殺人事件
内田康夫 パソコン探偵の名推理
内田康夫 「横山大観」殺人事件
内田康夫 江田島殺人事件
内田康夫 琵琶湖周航殺人歌
内田康夫 夏泊殺人岬
内田康夫 「信濃の国」殺人事件
内田康夫 風葬の城
内田康夫 透明な遺書
内田康夫 鞆《とも》の浦《うら》殺人事件
内田康夫 終幕《フィナーレ》のない殺人
内田康夫 御堂筋殺人事件
内田康夫 記憶の中の殺人
内田康夫 北国街道殺人事件

内田康夫「紅藍《くれない》の女《ひと》」殺人事件
内田康夫「紫《むらさき》の女《ひと》」殺人事件
内田康夫 藍色回廊殺人事件
内田康夫 明日香の皇子
内田康夫 華の下にて
内田康夫 黄金の石橋
内田康夫 靖国への帰還
内田康夫 不等辺三角形
内田康夫 ぼくが探偵だった夏
内田康夫 逃げろ光彦〈内田康夫と5人の女たち〉
内田康夫 悪魔の種子
内田康夫 戸隠伝説殺人事件
内田康夫 新装版 死者の木霊
内田康夫 新装版 漂泊の楽人
内田康夫 新装版 平城山《ならやま》を越えた女
内田康夫 秋田殺人事件
内田康夫 孤道
和久井清水 孤道 完結編〈金色の眠り〉
内田康夫 イーハトーブの幽霊
歌野晶午 死体を買う男
歌野晶午 安達ヶ原の鬼密室
歌野晶午 新装版 長い家の殺人
歌野晶午 新装版 白い家の殺人
歌野晶午 新装版 動く家の殺人
歌野晶午 密室殺人ゲーム王手飛車取り
歌野晶午 新装版 ROMMY 越境者の夢
歌野晶午 増補版 放浪探偵と七つの殺人
歌野晶午 新装版 正月十一日、鏡殺し
歌野晶午 密室殺人ゲーム2.0
歌野晶午 密室殺人ゲーム・マニアックス
歌野晶午 魔王城殺人事件
内館牧子 終わった人
内館牧子 別れてよかった〈新装版〉
内館牧子 すぐ死ぬんだから
内田洋子 皿の中に、イタリア
宇江佐真理 泣きの銀次
宇江佐真理 晩鐘〈続・泣きの銀次〉
宇江佐真理 虚ろ舟〈泣きの銀次参之章〉
宇江佐真理 室の梅〈おろく医者覚え帖〉
宇江佐真理 涙堂〈琴女《ことじよ》癸酉《きゆう》日記《につき》〉
宇江佐真理 あやめ横丁の人々
宇江佐真理 卵のふわふわ 八丁堀喰い物草紙・江戸前でもなし
宇江佐真理 日本橋本石町やさぐれ長屋
浦賀和宏 眠りの牢獄
上野哲也 五五五文字の巡礼〈魏志倭人伝トーク 地理篇〉
魚住昭 渡邉恒雄 メディアと権力
魚住昭 野中広務 差別と権力
魚住直子 非・バランス
魚住直子 未・フレンズ
魚住直子 ピンクの神様
上田秀人 密封〈奥右筆秘帳〉
上田秀人 国禁〈奥右筆秘帳〉
上田秀人 侵蝕〈奥右筆秘帳〉
上田秀人 継承〈奥右筆秘帳〉
上田秀人 纂《さん》奪《だつ》〈奥右筆秘帳〉
上田秀人 秘闘〈奥右筆秘帳〉
上田秀人 隠密〈奥右筆秘帳〉

講談社文庫　目録

上田秀人　刃傷〈奥右筆秘帳〉
上田秀人　召《めし》抱《かかえ》〈奥右筆秘帳〉
上田秀人　墨《ぼっ》痕《こん》〈奥右筆秘帳〉
上田秀人　天下〈奥右筆秘帳〉
上田秀人　決戦〈奥右筆秘帳〉
上田秀人　前夜〈奥右筆外伝〉
上田秀人　軍師の挑戦〈上田秀人初期作品集〉
上田秀人　天主信長〈表〉〈我こそ天下なり〉
上田秀人　天主信長〈裏〉〈天を望むなかれ〉
上田秀人　波乱〈百万石の留守居役(一)〉
上田秀人　思惑〈百万石の留守居役(二)〉
上田秀人　新参〈百万石の留守居役(三)〉
上田秀人　遺臣〈百万石の留守居役(四)〉
上田秀人　密約〈百万石の留守居役(五)〉
上田秀人　使者〈百万石の留守居役(六)〉
上田秀人　貸借〈百万石の留守居役(七)〉
上田秀人　参勤〈百万石の留守居役(八)〉
上田秀人　因果〈百万石の留守居役(九)〉
上田秀人　忖《そん》度《たく》〈百万石の留守居役(十)〉
上田秀人　騒動〈百万石の留守居役(十一)〉
上田秀人　分断〈百万石の留守居役(十二)〉
上田秀人　舌戦〈百万石の留守居役(十三)〉
上田秀人　愚劣〈百万石の留守居役(十四)〉
上田秀人　布石〈百万石の留守居役(十五)〉
上田秀人　乱麻〈百万石の留守居役(十六)〉
上田秀人　要《よう》訣《けつ》〈百万石の留守居役(十七)〉
上田秀人　梟《ふくろう》の系譜〈宇喜多四代〉
上田秀人　竜は動かず　奥羽越列藩同盟顛末　(上)万里波濤編　(下)帰郷奔走編
内田　樹　下流志向〈学ばない子どもたち　働かない若者たち〉
内田　樹　釈　徹宗　現代霊性論
上橋菜穂子　獣の奏者〈I闘蛇編〉
上橋菜穂子　獣の奏者〈II王獣編〉
上橋菜穂子　獣の奏者〈III探求編〉
上橋菜穂子　獣の奏者〈IV完結編〉
上橋菜穂子　獣の奏者〈外伝　刹那〉
上橋菜穂子　物語ること、生きること
上橋菜穂子　明日は、いずこの空の下
海猫沢めろん　愛についての感じ
海猫沢めろん　キッズファイヤー・ドットコム
冲方　丁　戦の国
上田岳弘　ニムロッド
上野　歩　キリの理容室
遠藤周作　ぐうたら人間学
遠藤周作　聖書のなかの女性たち
遠藤周作　さらば、夏の光よ
遠藤周作　最後の殉教者
遠藤周作　反逆(上)(下)
遠藤周作　ひとりを愛し続ける本
遠藤周作　周作塾〈読んでもタメにならないエッセイ〉
遠藤周作　新装版　海と毒薬
遠藤周作　新装版　わたしが・棄てた・女
遠藤周作　深い河《ディープ・リバー》〈新装版〉
江波戸哲夫　新装版　銀行支店長
江波戸哲夫　新装版　ジャパン・プライド
江波戸哲夫　集団左遷
江波戸哲夫　起業の星
江波戸哲夫　ビジネスウォーズ〈カリスマと戦犯〉

江波戸哲夫 リストラ事変〈ビジネスウォーズ2〉
江上　剛 頭取無惨
江上　剛 企業戦士
江上　剛 リベンジ・ホテル
江上　剛 起死回生
江上　剛 瓦礫の中のレストラン
江上　剛 非情銀行
江上　剛 東京タワーが見えますか。
江上　剛 慟哭の家
江上　剛 家電の神様
江上　剛 ラストチャンス 再生請負人
江上　剛 ラストチャンス 参謀のホテル
江上　剛 一緒にお墓に入ろう
江國香織 真昼なのに昏《くら》い部屋
江國香織他 100万分の1回のねこ
円城　塔 道化師の蝶
江原啓之 スピリチュアルな人生に目覚めるために〈心に「人生の地図」を持つ〉
江原啓之 トラウマ あなたが生まれてきた理由
大江健三郎 新しい人よ眼ざめよ
大江健三郎 取り替え子《チェンジリング》
大江健三郎 晩年様式集《イン・レイト・スタイル》
小田　実 何でも見てやろう
沖　守弘 マザー・テレサ〈あふれる愛〉
岡嶋二人 解決まではあと6人〈5W1H殺人事件〉
岡嶋二人 99％の誘拐
岡嶋二人 クラインの壺
岡嶋二人 ダブル・プロット
岡嶋二人 新装版 焦茶色のパステル
岡嶋二人 チョコレートゲーム 新装版
岡嶋二人 そして扉が閉ざされた〈新装版〉
太田蘭三 殺《さつ》・風《ぶう》景《けい》〈警視庁北多摩署特捜本部〉
大前研一 企業参謀 正・続
大前研一 やりたいことは全部やれ！
大前研一 考える技術
大沢在昌 野獣駆けろ
大沢在昌 相続人TOMOKO
大沢在昌 ウォームハート コールドボディ
大沢在昌 アルバイト探偵《アイ》
大沢在昌 調毒師を捜せ アルバイト探偵《アイ》
大沢在昌 女王陛下のアルバイト探偵《アイ》
大沢在昌 不思議の国のアルバイト探偵《アイ》
大沢在昌 拷問遊園地 アルバイト探偵《アイ》
大沢在昌 帰ってきたアルバイト探偵《アイ》
大沢在昌 雪蛍
大沢在昌 夢の島
大沢在昌 新装版 氷の森
大沢在昌 暗黒旅人
大沢在昌 新装版 走らなあかん、夜明けまで
大沢在昌 新装版 涙はふくな、凍るまで
大沢在昌 語りつづけろ、届くまで
大沢在昌 罪深き海辺(上)(下)
大沢在昌 やぶへび
大沢在昌 海と月の迷路(上)(下)
大沢在昌 鏡の顔〈傑作ハードボイルド小説集〉
大沢在昌 覆面作家
大沢在昌 ザ・ジョーカー 新装版
大沢在昌 亡命者〈ザ・ジョーカー 新装版〉

大沢在昌／藤田宜永／堂場瞬一／井上夢人／今野敏／月村了衛／東山彰良　激動　東京五輪1964
逢坂　剛　十字路に立つ女
逢坂　剛　奔流恐るるにたらず〈重蔵始末(八)完結篇〉
逢坂　剛　新装版カディスの赤い星(上)(下)
オノ・ヨーコ　飯村隆彦編　ただの私《あたし》
オノ・ヨーコ　南風椎訳　グレープフルーツ・ジュース
折原　一　倒錯の帰結
折原　一　倒錯のロンド〈完成版〉
小川洋子　ブラフマンの埋葬
小川洋子　最果てアーケード
小川洋子　琥珀のまたたき
小川洋子　密やかな結晶〈新装版〉
乙川優三郎　霧の橋
乙川優三郎　喜知次
乙川優三郎　蔓の端々
乙川優三郎　夜の小紋
恩田　陸　三月は深き紅の淵を
恩田　陸　麦の海に沈む果実
恩田　陸　黒と茶の幻想(上)(下)
恩田　陸　黄昏の百合の骨
恩田　陸　『恐怖の報酬』日記〈酩酊混乱紀行〉
恩田　陸　きのうの世界(上)(下)
恩田　陸　七月に流れる花／八月は冷たい城
奥田英朗　新装版ウランバーナの森
奥田英朗　最悪
奥田英朗　マドンナ
奥田英朗　ガール
奥田英朗　サウスバウンド
奥田英朗　オリンピックの身代金(上)(下)
奥田英朗　ヴァラエティ
奥田英朗　邪魔(上)(下)〈新装版〉
乙武洋匡　五体不満足〈完全版〉
大崎善生　聖《さとし》の青春
大崎善生　将棋の子
小川恭一　江戸の旗本事典〈歴史・時代小説ファン必携〉
奥泉　光　プラトン学園
奥泉　光　シューマンの指
奥泉　光　ビビビ・ビ・バップ
折原みと　制服のころ、君に恋した。
折原みと　時《とき》の輝き
折原みと　幸福のパズル
大城立裕　小説　琉球処分(上)(下)
太田尚樹　満州裏史〈甘粕正彦と岸信介が背負ったもの〉
太田尚樹　世紀の愚行〈太平洋戦争・日米開戦前夜〉
大島真寿実　ふじこさん
大泉康雄　あさま山荘銃撃戦の深層(上)(下)
大山淳子　猫弁〈天才百瀬とやっかいな依頼人たち〉
大山淳子　猫弁と透明人間
大山淳子　猫弁と指輪物語
大山淳子　猫弁と少女探偵
大山淳子　猫弁と魔女裁判
大山淳子　猫弁と星の王子
大山淳子　雪猫
大山淳子　イーヨくんの結婚生活
大倉崇裕　小鳥を愛した容疑者
大倉崇裕　蜂に魅《ひ》かれた容疑者〈警視庁いきもの係〉
大倉崇裕　ペンギンを愛した容疑者〈警視庁いきもの係〉

大倉崇裕　クジャクを愛した容疑者〈警視庁いきもの係〉
大鹿靖明　メルトダウン〈ドキュメント福島第一原発事故〉
荻原　浩　砂の王国(上)(下)
荻原　浩　家族写真
小野正嗣　九年前の祈り
大友信彦　オールブラックスが強い理由〈世界最強チーム勝利のメソッド〉
乙　一　銃とチョコレート
織守《おりがみ》きょうや　霊感検定
織守きょうや　霊感検定〈心霊アイドルの憂鬱〉
織守きょうや　霊感検定〈春にして君を離れ〉
織守きょうや　少女は鳥籠《とりかご》で眠らない
おーなり由子　きれいな色とことば
岡崎琢磨　病弱探偵〈謎は彼女の特効薬〉
小野寺史宜《ふみのり》　その愛の程度
小野寺史宜　近いはずの人
小野寺史宜　それ自体が奇跡
小野寺史宜　縁《ゆかり》
大崎　梢　横濱エトランゼ
太田哲雄　アマゾンの料理人〈世界一の〝美味しい〟を探して僕が行き着いた場所〉
小竹正人　空に住む
岡本さとる　駕籠屋《かごや》春秋　新三《しんざ》と太十《たじゅう》
岡本さとる　質屋の娘〈駕籠屋春秋　新三と太十〉
岡本さとる　雨やどり〈駕籠屋春秋　新三と太十〉
岡崎大五　食べるぞ!世界の地元メシ
荻上直子　川っぺりムコリッタ
海音寺潮五郎　新装版　江戸城大奥列伝
海音寺潮五郎　新装版　孫子(上)(下)
海音寺潮五郎　新装版　赤穂義士
加賀乙彦　新装版　高山右近
加賀乙彦　ザビエルとその弟子
加賀乙彦　殉教者
加賀乙彦　わたしの芭蕉
柏葉幸子　ミラクル・ファミリー
勝目　梓　小説家
桂　米朝　米朝ばなし〈上方落語地図〉
笠井　潔　梟《ふくろう》の巨《おお》いなる黄昏《たそがれ》
笠井　潔　青銅の悲劇(上)(下)〈瀕死の王〉
笠井　潔　転生の魔〈私立探偵飛鳥井の事件簿〉
川田弥一郎　白く長い廊下
神崎京介　女薫の旅　放心とろり
神崎京介　女薫の旅　耽溺《たんでき》まみれ
神崎京介　女薫の旅　秘に触れ
神崎京介　女薫の旅　禁の園へ
神崎京介　女薫の旅　欲の極み
神崎京介　女薫の旅　青い乱れ
神崎京介　女薫の旅　奥に裏に
神崎京介　I　LOVE
加納朋子　ガラスの麒麟〈新装版〉
角田光代　まどろむ夜のUFO
角田光代　恋するように旅をして
角田光代　人生ベストテン
角田光代　ロック母
角田光代　彼女のこんだて帖
角田光代　ひそやかな花園
川端裕人　せちやん〈星を聴く人〉
川端裕人　星と半月の海
片川優子　ジョナさん

神山裕右　カタコンベ
神山裕右　炎の放浪者
加賀まりこ　純情ババアになりました。
門田隆将　甲子園への遺言〈伝説の打撃コーチ高畠導宏の生涯〉
門田隆将　甲子園の奇跡〈斎藤佑樹と早実百年物語〉
門田隆将　神宮の奇跡
鏑木　蓮　東京ダモイ
鏑木　蓮　屈折光
鏑木　蓮　時限
鏑木　蓮　真友
鏑木　蓮　甘い罠
鏑木　蓮　京都西陣シェアハウス〈憎まれ天使・有村志穂〉
鏑木　蓮　炎罪
鏑木　蓮　疑薬
川上未映子　そら頭はでかいです、世界がすこんと入ります
川上未映子　わたくし率 イン 歯ー、または世界
川上未映子　ヘヴン
川上未映子　すべて真夜中の恋人たち
川上未映子　愛の夢とか
川上弘美　ハヅキさんのこと
川上弘美　晴れたり曇ったり
川上弘美　大きな鳥にさらわれないよう
海堂　尊　新装版 ブラックペアン1988
海堂　尊　ブレイズメス1990
海堂　尊　スリジエセンター1991
海堂　尊　死因不明社会2018
海堂　尊　極北クレイマー2008
海堂　尊　極北ラプソディ2009
海堂　尊　黄金地球儀2013
門井慶喜　パラドックス実践 雄弁学園の教師たち
門井慶喜　銀河鉄道の父
梶　よう子　迷子石
梶　よう子　ふくろう
梶　よう子　ヨイ豊《とよ》
梶　よう子　立身《りっしん》いたしたく候《そうろう》
梶　よう子　北斎まんだら
川瀬七緒　よろずのことに気をつけよ
川瀬七緒　法医昆虫学捜査官
川瀬七緒　シンクロニシティ〈法医昆虫学捜査官〉
川瀬七緒　水《みな》底《そこ》の棘《とげ》〈法医昆虫学捜査官〉
川瀬七緒　メビウスの守護者〈法医昆虫学捜査官〉
川瀬七緒　潮騒のアニマ〈法医昆虫学捜査官〉
川瀬七緒　紅のアンデッド〈法医昆虫学捜査官〉
川瀬七緒　スワロウテイルの消失点〈法医昆虫学捜査官〉
川瀬七緒　フォークロアの鍵
風野真知雄　隠密 味見方同心(一)〈くじらの姿焼き騒動〉
風野真知雄　隠密 味見方同心(二)〈干し卵不思議味〉
風野真知雄　隠密 味見方同心(三)〈幸せの小福餅〉
風野真知雄　隠密 味見方同心(四)〈恐怖の流しそうめん〉
風野真知雄　隠密 味見方同心(五)〈フグの毒鍋〉
風野真知雄　隠密 味見方同心(六)〈鵺《ぬえ》の闇鍋〉
風野真知雄　隠密 味見方同心(七)〈絵巻寿司〉
風野真知雄　隠密 味見方同心(八)〈ふふふの麩〉
風野真知雄　隠密 味見方同心(九)〈殿さま漬け〉
風野真知雄　潜入 味見方同心(一)〈恋のぬるぬる膳〉
風野真知雄　潜入 味見方同心(二)〈陰膳だらけの宴《うたげ》〉
風野真知雄　潜入 味見方同心(三)〈五右衛門の鍋〉

2022年 3 月15日現在